Akinari & Izdihar
「仮装祝祭日の花嫁」

Chara

仮装祝祭日の花嫁

砂楼の花嫁3

遠野春日

キャラ文庫

この作品はフィクションです。
実在の人物・団体・事件などにはいっさい関係ありません。

目次

口絵・本文イラスト／円陣闇丸

仮装祝祭日の花嫁

1

四月初旬、西欧諸国の一つであるエンデ共和国の首都メヘレンの街中は、仮装した人々でいっぱいになる。

ある者は仮面を被り、またある者は顔面にペイントを施し、それぞれが思い思いの衣裳《いしよう》を身に着け、普段の自分とはかけ離れた扮装《ふんそう》で一週間にわたって開催されるカーニバルを愉しむ。

誰もが気軽に参加できるお祭りなので、期間中は国内外から訪れる観光客が引きもきらず、街の中心にあたる広場や目抜き通り一帯は昼夜を問わず熱に浮かされたような賑《にぎ》わいぶりだ。

聞きしに勝る人の多さと活気に、秋成《あきなり》は少なからず呑《の》まれ、気圧《けお》されかけていた。

「すごい人出ですね」

傍らを歩く護衛官のドハ少尉に話しかける。

「はい。予想以上でした」

少尉は秋成が擦《す》れ違う人々に肩などをぶつけられないよう体を張ってガードしながら、落ち着き払って返事をする。

「大丈夫でいらっしゃいますか。足元にもお気をつけください」

エンデの市街地は洒落《しゃれ》た雰囲気の石畳の道が多い。石畳はアスファルトと比べると確かにちょっと歩きにくかった。少尉は細やかに神経を行き届かせて秋成を気遣う。

「今日は踵《かかと》の低い靴を履いているので平気です。ありがとうございます」

秋成が丁寧に返すと、少尉はかえって恐縮した様子で畏まる。

「礼など不要です、妃殿下」

真面目で律儀な人柄の少尉に秋成は安心と好感を覚えた。

中東の専制君主国家シャティーラの妃殿下である秋成がお付きの人々とここメヘレンに到着したのは本日午後一時過ぎだ。

逗留《とうりゅう》先のホテルにチェックインすると、女官二人を残して、秋成の身辺警護を担当するドハ少尉と祭り見物に出てきた。今回珍しく秋成の伴侶《はんりょ》であり、王子のイズディハールとは半日別行動だ。午後七時頃にイズディハールが来るまで、秋成は少尉を連れて祭り見物と市内観光をすることにしている。

「あちらにあるのが、ホテルのコンシェルジュで教えていただいた貸衣装店です」

通りの左手に一目でそれとわかる看板を掲げた店舗があった。

「とりあえず見てみましょう」

せっかく祭りの期間中に訪れたのだから、普段できないことをするのも、こうしたときならではの醍醐味《だいごみ》だ。

きみも仮装したらどうだ、と勧めてくれたのは他でもないイズディハールである。

秋成は昨日イズディハールと交わした会話を反芻《はんすう》した。

「エンデの春祭りは参加者の仮装が見ものだ。誰もが様々なものに扮して街を練り歩く。広場周辺には貸衣装店が何軒もあると聞く。きみもしてみたらどうだ」

自分がいなくてもホテルの部屋に籠《こ》もっていないで自由に行動するといい、と言ったのに続けてイズディハールは秋成にそう勧めてきた。

「……仮装、ですか」

思いがけない提案に秋成は戸惑った。

「ああ。誰もきみがきみだと知らない異国の街だ。おまけに俺も見ない。いや、本音を言えば普段と違う扮装をしたきみをぜひ見たいが、きみが照れくさがるだろうから見ないでおこう」

「わ、私にそんなことができるでしょうか……」

秋成は最初尻込みした。

「通常しない格好をするのは結構楽しいものだ。俺もアメリカ留学時代にパーティーや学祭などで何度か仮装する機会があって、歴史上の有名人や物語の中の登場人物に扮したことがある。ここだけの話、悪ノリして女装したこともある」

「えっ。あなたが女装、ですか」

どうなるのか想像もつかず、秋成は目を瞠《みは》った。

「ああ。背が高すぎてまったく似合ってなかったと思うがな」

イズディハールはニヤッと唇の端を上げて苦笑した。

「さぞかし滑稽だったに違いないが、周りは喜んでいたから、あれはあれでやってよかった。きみならきっと男装も女装も完璧だ。仮装すれば無条件に祭りに参加していることになる。ただ見物するより、そのほうが思い出になるだろう。何に扮したか俺にも内緒にしていいから、やってみろ」

イズディハールにそこまで言われると、秋成もしてみてもいいと思えてきた。自分ではない誰かに形だけでもなってみることに心惹かれる。加えて、俺は見ないからとイズディハールが約束してくれたことが、秋成の背中を押した。それなら確かに照れくささを感じないですむ。思い切って冒険できそうだ。

ホテルのコンシェルジュで聞いてきた貸衣装店に入る。

そこそこ広い店内には様々な仮装用の衣裳が所狭しと陳列されていた。

アンティーク風のドレスや貴族たちが身に着けた宮廷衣裳もあれば、誰もが知っている肖像画に描かれた歴史上の人物が着ているのにそっくりの衣裳や、映画や小説や漫画などに登場するキャラクターの扮装もある。

衣裳をあれこれ見ている間秋成の胸中を占めていたのは、久々に男装してみたい気持ちと、プライベートにしてもそれはまずいのでは、という葛藤《かっとう》だった。イズディハールは秋成が両方の性を持つ人間であることを理解してくれているが、本音はやはり秋成に女性であってほしいのではないかと思う。上辺だけではなく本当に優しい人だから、決してそんな素振りは見せないし、寝言にも口走ることはないが、秋成さえ割り切れるならそれが一番望ましいと思っている気がする。

どうしようかなと悩んでいた秋成に小柄な女性店員が話しかけてきた。

ちょうど目の前に陳列してあった黒い衣裳を指し、

「これなんかいかがですか。きっとお似合いになりますよ」

と勧めてくる。

タキシードにマント、シルクハットという一揃いが、秋成も中学生のとき夢中になって読んだフランスの有名な怪盗紳士を想起させる衣裳だ。

どうやらその店員はパンツスーツ姿の秋成を男性だと思ったらしい。

ドハ少尉は、秋成がプライベートでどんな衣裳を着ようと自分は意見する立場にない、と言わんばかりの畏まった顔つきで、真っ直ぐ前を向いている。

店員に勧められるまま試着してみると、少し細身に仕立てられていてサイズ的には問題ない。

他の店員たちも「似合う」「素敵」と褒めちぎる。

「でも、やっぱり男装はまずいでしょうか」

護衛官らしく人目を引かないダークグレーのスーツを着たドハ少尉に意見を求めると、少尉は遠慮がちに秋成の全身に視線を走らせ、安心させるように微笑《ほほえ》む。

「お似合いでいらっしゃいます。実は私、妃殿下がご結婚前に軍人としてシャティーラにおいでになったときにたまたま赴任先から一時帰国しておりまして、軍服をお召しになった妃殿下をお見かけしたことがあります。男装もまた大変印象的でいらっしゃいました。拝見できるものならもう一度拝見したいと皆思うのではないでしょうか」

ドハ少尉をはじめ秋成の身近にいる人々でさえ、秋成が特殊な性を持つ人間だとは知らない。知っているのはイズディハールと、双子の弟ハミードの二人だけだ。それ以外の人々には、秋成は男装の麗人で、見事イズディハールを射止めた異国出身の幸運な女性だと思われている。

ドハ少尉の言葉に勇気をもらいながらも、イズディハールにはやはり男装したことを知られたくない気持ちが強まり、おそるおそる聞いてみた。

「……殿下には内緒にしてもらえますか」

「はい。もちろんです。私の口からは決して何も。殿下も妃殿下からお話しにならない限り、お尋ねになるのは控えられると思います。そのようにお約束なさっておられましたので」

少尉の言うとおりだ。イズディハールの懐の深さを信じない発言をついしてしまった己の矮《わい》小《しょう》さが情けない。秋成は申し訳なさと気まずさを感じながら「そうですね」と頰を赤らめた。今の発言は忘れてください、と口にしかけたが、少尉の顔を見ると、それはおっしゃらなくていいです、とはっきり表情に出ていたので、秋成は言葉にしなかった。

祭りのような非日常的な場でも、秋成がなかなか羽目を外しきれない性格だということを、ドハ少尉は察してくれているらしい。面映ゆさが先立ち、なりふりかまわず弾けるのが不得手なのだ。男装したと知られるのを恥ずかしがる秋成の気質を理解してくれているのが、少尉の思慮深そうな瞳から伝わってきて、秋成は気が楽になった。

「では、私は祭りの間は妃《きさき》ではなく怪盗紳士ということで」

秋成が照れながら冗談交じりに言うと、少尉は「畏まりました」と神妙に返し、微笑する。

少尉の臨機応変な柔軟さがありがたい。頼れるいい人だとあらためて感じた。

怪盗紳士のイメージどおりに秋成は右の眼にモノクルを嵌《は》め、肩に触れるくらいまで伸ばした髪を後ろで束ね、マントの襟を立ててシルクハットを被った。鏡に映った姿はいつもとはまったく雰囲気が違っていて、イズディハールですら擦れ違っただけでは気づかないのではないかと思われた。

カーニバル期間は車両の立ち入りが禁止された通りがあちこちにある。

歩行者専用になったそうした通りを、秋成は怪盗紳士の扮装で闊歩《かっぽ》した。意識的に歩き方も変え、普段より大股になる。

土産物や伝統工芸品を扱う店、カフェ、バルなどが立ち並ぶ石畳の通りを歩きながら、最初のうちは、果たして自分は浮いていないだろうか、うまく人混みに紛れられているだろうかとドキドキしっぱなしだった。

タキシードの上に踝《くるぶし》まである長いマント、右目に嵌めたモノクル、シルクハットに白手袋とステッキ——よもや自分がこんな扮装をすることになるとは思いもしなかった。

正直、ちょっと恥ずかしい。恥ずかしいが、周りは誰も気にしていないし、おかしいとも思われていないようだ。

ここはもうあれこれ考えずに祭りの持つ非日常性を楽しめばいいのだろう。

行き交う人の多くが、それぞれ趣向を凝らした仮装をしていて、目が合えば全然知らない人同士でも「ハイ!」「今日もいい天気ですね」などと気さくに挨拶を交わし合う。

秋成も擦れ違う人々からひっきりなしに声をかけられた。

そのうちの何人かから「一緒に写真を撮ってもらえませんか」と頼まれ、断るのも不粋なので「私でよければ」と応じているうちに、自然と祭りの雰囲気に溶け込んでいた。

誰も秋成の正体に気づかない。気を張り詰めさせていたのは最初だけで、次第に秋成は一観光客として祭りを楽しんでいた。

どこを歩いても混雑しているが、カーニバルのメイン会場にあたる広場には特に大勢の人が屯《たむろ》している。広場の周囲にずらりと並ぶテントでは土産物や軽食類が売られ、客引きの声が飛び交う。そのさらに外周には、平常時から営業しているカフェやレストラン、パブといった店舗が軒を連ね、いずれも客で賑わっている。

西欧諸国の中でも北方に位置するエンデ共和国の四月は、日中でもまだまだ肌寒い。今日は見事な快晴に恵まれたが、風は冷たく、一時間も石畳の多い街中を歩き回っていたら体が冷えてきて、温かいものが欲しくなった。

「お茶か何かいただきましょうか」

雰囲気のよさそうなカフェバーを見つけたのでドハ少尉を誘う。

少尉は「少々お待ちください」と出入り口の傍で秋成に足を止めさせ、一人で店の中に入っていった。隅々にまで鋭い視線を走らせて危険のないことを確かめ、すぐに戻ってくる。

「問題ないと思われます。どうぞごゆっくりお寛《くつろ》ぎください」

天井が高く、窓が大きく取られて明るく開放感に満ちた店内は、お茶やコーヒーやアルコール類を楽しみながら談笑する人でいっぱいだ。

ここでも八割方の客は仮装をしており、むしろそのほうが周囲に溶け込めるという祭りの最中ならではの一体感がある。

店に入っていくなり秋成も「わぁ、カッコイイ！」「これはまた美形の怪盗紳士ですな」「素敵ね」などと口々に声をかけられ、手を振られたりウインクされたりした。皆陽気で屈託がなく、かしましささえ微笑ましい。

祭りが開催されている間は出入り口付近のバーカウンターで各自オーダーし、商品を受け取って空いたテーブルに着くセルフサービスシステムになっていた。カウンター前のスペースにはスタンディングスタイルで飲みながら盛り上がっている人たちが大勢いる。

秋成はカプチーノを頼んだ。

「よかったら少尉も一緒に」

「いえ、私は結構です。こちらでお待ちしております」

ドハ少尉にも勧めたが、きっぱりとした態度で遠慮され、秋成も無理にとは言えなかった。残念だったし、自分一人暖を取るのも気が引けたが、少尉の立場も重々理解できたので、なるべく長い時間待たせないよう心がけることにした。

カプチーノを手にテーブル席が並ぶフロアに足を踏み入れる。

あいにく空いているテーブルはなさそうだった。

引き返そうと踵《きびす》を返しかけたとき、「怪盗紳士さん」と近くにいた客から声をかけられた。

「もしよろしければ、こちらにお座りになりませんか」

振り向くと、二人用のテーブルに一人で着いている男性客がいる。

奇遇にも、自分とよく似た扮装をした、まだ若そうな紳士だった。

彼もタキシードを着ている。白いマスクで顔の右半分を覆っており、これはオペラ座の怪人か、とすぐに察せられた。半面しか晒《さら》していなかったが、好奇心旺盛そうな物怖じしない性格らしいのが、人懐っこさを感じさせるまなざしから窺《うかが》える。歳は秋成と同じくらいか、もしかすると、一つ二つ若いかもしれない。

「お邪魔してかまいませんか」

「もちろんです。さ、どうぞ」

怪人に扮した若い男は、スマートで礼儀正しかった。わざわざ立ち上がって、対面の空き椅子に置いていたつば広のソフト帽とケープ付きのコートを取り、秋成のために席を空ける。

「ありがとうございます」

恐縮しながら秋成は厚意を受けた。コーヒー一杯飲む間だけご一緒させてもらうつもりで、コートもシルクハットも着たままにする。

親切な怪人はソフト帽だけ被り、コートはきちんと畳んで自分の椅子の背凭《せもた》れに掛けた。

「怪盗紳士ですね」

小さなテーブルを挟んで向き合った近さからしげしげと見つめられ、秋成は気恥ずかしさに睫《まつ》毛《げ》を瞬かせた。

「あなたはファントムですね」

非日常的な遣り取りに、語調がたどたどしくなる。

「はい。先月ブロードウェイでミュージカルを観たんです。それがずっと頭に残っていて、以来ふとした拍子にメロディを口ずさんでしまうようになりまして」

男性のほうは祭りの雰囲気にすっかり馴染んでいる様子で、快活な口調でハキハキと喋《しゃべ》る。どうやら話し好きでもあるらしい。人当たりがよく、初対面の秋成にも物怖じしない態度で接してくる。しぐさや言葉遣いに品があり、相手を不快にしない距離感の取り方を心得ているのが感じられる。話しやすくて、人を引き込む魅力のある人物だと思った。

「アメリカからいらっしゃったのですか」

「いいえ。あちらには仕事でちょっと行っていただけです。あなたは外国の方ですか？　癖のないとても綺麗《きれい》な英語を話されますね」

「私はアラブの方から来ています」

父親が日本人、母親がスラブ系で、異なる血を半々に受け継いだ秋成の容姿は、どこの国の人間と決めつけがたいらしく、しばしば神秘的だとか作りもののようだと言われる。

「アラブ人……には見えませんね」

悪気などいっさいなさそうな爽《さわ》やかさで言われ、秋成は「いろいろ混ざっているので」とさらりと返した。それ以上この件について語る気がないことを秋成の語調から敏感に汲み取ったのか、整った横顔をした半面マスクの怪人は口元を緩めて微笑し、頷《うなず》く。優しく温かな表情に心根のよさが表れている気がして、一緒にいても不安は湧《わ》かなかった。

「エンデには観光で？」

「はい。でも、もう明日には帰国の途に就くのですが」

「失礼ですがお一人ですか」

「……はい」

秋成は差し支えのない範囲でなるべく誠実に答えるように努めた。公務とは別にプライベー

トで立ち寄った旅先で身分を知られるようなことになっては、各所に迷惑をかけかねない。申し訳ないがすべて正直に話すわけにはいかなかった。

「見てのとおり僕も一人です。ときどきふらっと出歩きたくなるんですが、今回はラッキーでした。あなたのような方とこうしてお話しさせていただく機会に恵まれて」

怪人紳士は秋成に興味を持っていることを隠さず、率直な物言いをする。

「本当にとてもお綺麗ですね」

怪人紳士は秋成を見つめてしみじみと呟《つぶや》くと、ほうっと感嘆に満ちた溜息を洩《も》らす。

「あの……」

「あ、もちろん、男の方なのは承知しています！」

怪人紳士は秋成が何を言おうとしたのか聞きもせぬうちから、慌てた様子で誤解を避けるかのごとく口早に言う。

「すみません、失礼な褒め方になってしまって。ほかに適切な表現を思いつけなかったものですから。お気に障ったならお詫《わ》びします」

怪人紳士はついぽろっと本音を洩らしてしまったことを恥じるように頭を下げた。

「いえ、謝っていただくようなことでは」

綺麗と褒められて気を悪くする人間はいない。秋成も不快に感じはしなかった。怪人紳士が秋成を男だと思っていることも確認できた。

「二十四にもなって、とたまに父に窘《たしな》められるのですが、どうも僕は少し軽率なところがあるようです。思ったことをなんでも口に出してしまう癖、直さなくてはいけないですね」

オールドファッショングラスに半分ほど残った琥珀《こはく》色の酒を一口飲んで、怪人紳士は照れくさそうにする。

秋成は二つ年下の男にあたたかなまなざしを向けた。

マスクで半面を覆っていても威圧感を与えることがなく、気立てのよさや素直さが滲《にじ》み出ていて、きっと誰からも好かれるだろう。

秋成の素性を根掘り葉掘り聞いてくるような不躾《ぶしつけ》なまねはせず、馴れ馴れしすぎない距離の取り方にも好感が持てた。カーニバルの最中の非日常的な場ならではの出会いであり、一瞬だけ交差した縁だということを、怪人紳士も弁《わきま》えているようだ。秋成もそのつもりなので、感覚にズレがなくて楽だった。

「今回、たまたまエンデを訪れる日程にカーニバル期間が重なっていて、ラッキーでした。お祭り、好きなんですよね。何年か前にはベネチアのカーニバルを観に行きました。あのときはわざわざ祭りに合わせて行ったんです。ご覧になったこと、ありますか」

目を生き生きと輝かせながら怪人紳士は言う。

「残念ながらありません」

十二のときに中欧の国ザヴィアに来て以来、二十五の歳まで秋成はそこから出たことがなかった。任務で初めて訪れた他国が、今は秋成にとっても祖国になったシャティーラだ。秋成は手を重ね、白手袋越しに左の薬指に嵌めた指輪をそっと確かめた。

「国外に出る機会が今まであまりなかったものですから。ここ最近、仕事の関係で渡航することが増えましたが、自由に行き先を選べるわけではありませんので」

「ああ、じゃあ、僕の国なんかは、まずご存じないでしょうね」

怪人紳士は明るい表情のまま、躊躇《ためら》いもせず自国のことを話す。

「僕の国はトゥルンヴァルト公国というんですが、やはり国を挙げて盛大に行われる祭りの期間があって、そのときは皆、工夫を凝らした仮面をつけて街を練り歩きます。見るからに恐ろしげな奇を衒《てら》ったものもあれば、芸術品みたいに美しいものもあって、なかなか壮観です。最終日に行われるコンテストで一位に選ばれると、一年間幸運に恵まれるとされていて、賞を狙う人たちは真剣そのものです。ヨーロッパでもとびきり小さくて目立たない国ですが、祭りの間は人出が何倍にも膨らんで、賑やかになります」

トゥルンヴァルト公国の名は聞いたことがあるが、ザヴィアとはほとんど交流のない国で、詳しい知識は持っていなかった。主たる産業は観光で、山と森と湖が幻想的な景色をつくる風光明媚《めいび》なところ、という印象がある。

「確か北欧に近いところにある国ですよね」

秋成の言葉に怪人紳士はパアッと表情を晴らし、「ご存知でしたか」と喜んだ。

「嬉《うれ》しいですね。フランスやスペインあたりで聞いても首を傾げられることが少なくないんですよ。かえって中東の方のほうが知ってくださっているのかもしれないですね。先々代の大公がアラブのお姫さまを奥方に迎えられたので、今でも交流のある国がいくつかあるようです」

「そうなのですか」

それは秋成は初耳だった。イズディハールやハミードの口からもトゥルンヴァルトの名を聞いた記憶はない。たぶんシャティーラとはさほど親しい間柄ではないのだろう。

「僕自身、以前から中東にも関心があって、たまたま声をおかけした怪盗紳士さんがあちらの国の方だった奇遇に少なからぬご縁を感じています」

「中東にはいらしたことがあるのですか」

「まだないです。あなたと話すうちに、行きたい気持ちが強まってきました」

「向こうは紛争などでなかなか情勢が落ち着かない国もありますので、くれぐれもお気をつけください。旅慣れておいでalong でしょうから、私などが申し上げるまでもないとは思いますが」

「いいえ」

怪人紳士は秋成の顔をじっと見つめ、口元を僅《わず》かに緩ませた。

「光栄です。気にかけていただいて」

ひとたび目を合わせると強いまなざしに搦《から》め捕《と》られ、視線を逸らせなくなる。

若々しく好奇心旺盛で、少々やんちゃなところがありそうなぱっと見の印象からは予想もつかない目力の強さに、秋成は呑まれかけた。怪人紳士が実際にどういう人物なのか、たかだか十分か十五分程度向き合っただけで断じることはできないが、情の濃さや、強い熱意を持っているのであろうことは肌で感じる。秋成はどちらかといえば自我を抑え込んで諦めようとするタイプだが、怪人紳士は最後の最後まで諦めずに闘い抜く気がする。そう思わせる強さが真摯な目つきに出ていて、秋成は気圧されそうだった。

「私、そろそろ行かなければ」

秋成は怪人紳士と視線を絡ませたまま、柔らかな語調ではあるがきっぱりと告げた。

ハッとしたように怪人紳士が目を見開き、頰肉をピクリと動かす。

「もう、ですか」

怪人紳士は残念がっている気持ちを隠さず、あと少しだけと秋成を引き留めようとする。

しかし、秋成は揺らがなかった。向こうでドハ少尉を待たせているのも気になる。

「ちょうどコーヒーも飲み終えましたので」

秋成はふわりと微笑み、椅子を引いてスッと立った。

その動きにつられたかのごとく頭を擡《もた》げ、秋成を仰ぎ見た怪人紳士の半面に、惚《ほう》けたような表情が浮かぶ。秋成の立ち居振る舞いに軍人らしいキレを感じ、ただ向き合って座っていたときに受けていた印象との違いに驚いたのかもしれない。

「あ、あの……！」

「同席させていただきまして、ありがとうございました」

　椅子から腰を浮かしかけた怪人紳士を、秋成は視線だけで制した。今でこそ公式の場では妃と呼ばれる身だが、それ以前は大尉として部下たちを指揮する立場にあった。必要とあればいつでも軍人らしい行動が取れる。怪人紳士を牽制《けんせい》し躱《かわ》すのは造作もなかった。タキシードで男装していることも秋成の意識を完全に男にする。レディース仕立てのパンツスーツをファッションとして着るときとはまったく違う感覚だ。

「よろしければお名前だけお教えいただけませんか」

　怪人紳士に食い下がられたが、秋成は黙って会釈しただけで返事をせず、心持ち大股でテーブルを離れた。

　背中に視線を感じたが振り返らず、さらに客足の増えた店内を突っ切り、外に出る。

　最後はいささかじゃけんにしすぎたかもしれないと申し訳ない気持ちになったが、あれ以上話していると、正体を隠しきれなくなりそうだったので、強引にでも引き揚げてきてよかったのだと己に言い聞かす。

「妃殿下」

　フロアを出たところでスッと秋成の傍らに近づき護衛についたドハ少尉を、瞳だけ動かして流し見る。

「何も問題はありません。カプチーノで体が温まりました」

「それはなによりでございました」

「この姿でいると、男性だと思ってもらえるようです」

「所作や動きまで完璧に衣裳に合わせておられますので。私から見ましても、普段の妃殿下とは別人でいらっしゃいます」

「そうですか」

いつも忌憚《きたん》のない意見を聞かせてくれる少尉からの言葉だけに、秋成は素直に受けとめた。

「ありがとうございます。そう言ってもらえると堂々としていられます」

少尉を従えてカフェを出る。

広場の一角で大道芸人が見事なジャグリングを披露して集まった観客を沸かせていた。秋成と言葉を交わしながらも、少尉は常に周囲に神経を張り巡らせている。

「カフェで私がご一緒した方は席を立たれましたか」

ふと気になって、秋成は聞いてみた。

別れ際に名前を教えてほしいと言われたが、それに応えられなかった申し訳なさが秋成の胸をチクリと疼《うず》かせる。怪人紳士がとても感じのいい人だっただけに心苦しい。名前など聞かないほうがいいという気持ちと、やはり聞かずにはいられないという気持ちを葛藤させた挙げ句、彼が思い切って尋ねてきたのが秋成にもひしひしと伝わってきた。素性を伏せての交流だったので、どうあっても明かすわけにはいかなかったのだが、それにしても少々そっけなくしすぎただろうかと、秋成は後悔していた。

「我々が店を出てからも、しばらく窓越しに通りを眺めていらっしゃいました。考え事をされていたように見受けられました」

少尉は淀《よど》みなく答えてから、遠慮がちに言葉を継ぐ。

「……何かございましたか？」

「いえ。べつに何も」

秋成は落ち着いて否定する。

実際、何がどうというわけではなかった。ただ、最後に怪人紳士が見せた名残惜しげな態度に、もしかすると秋成が何者なのか関心を持ったのかもしれないと思い、少しだけ身構えてしまったのだ。どうやらそれは秋成の杞憂《きゆう》だったようで、安堵《あんど》すると同時に自意識過剰だと恥ずかしくなった。

秋成は気を取り直し、イズディハールが来てくれるまでの間、どうすれば有意義に過ごせるか検討した。ホテルのコンシェルジュでもらった観光案内のパンフレットを開いてみる。

「この通りの先に有名な橋が架かっていて、川沿いを上流に向かって歩いていくと十三世紀頃建てられた修道院があるようです。行ってみましょう」

広場を中心とする徒歩圏内であれば、行く先々で会う人々の大半は仮装している。怪盗紳士の姿でも浮きはしない。秋成など、むしろ地味なほうだった。

アスファルトで舗装された川沿いの道は歩きやすかった。

風は少し冷たいが、青く澄み渡った空や、遠くに見える山や森の緑が綺麗で、とても気持ちがよかった。

修道院の内部を見学し、ついでにそこからさらに一キロ離れた場所にある堅牢《けんろう》な石造りの城《じょう》砦《さい》跡まで足を延ばす。城砦跡は見晴らしのよい丘の上にあり、途中ずっと坂を登ることになったが、秋成も少尉に負けず劣らず健脚で、日頃たいして運動していないわりには体がよく動いてくれた。

「きつくありませんか」

「ええ。このくらい、平気です」

「さすがでいらっしゃいますね」

少尉の目には秋成があくまでもたおやかな女性として映っているらしく、細やかに気を遣われて、かえって負担に感じてしまう。とはいえ、もし秋成が少尉の立場だったとしても、やはり同じようにするに違いなかったので、何も言わずにいた。もっと粗雑に扱ってくれていいんですよ、などと言ったところで少尉を困らせるだけなのは想像に難くない。

城砦跡を見たあと、丘の麓《ふもと》で営業しているエンデの伝統的な家庭料理を食べさせてくれる店で、少尉と遅めのランチをとった。

一人で食事をするのは味気ないので付き合ってください、とお願いすると、少尉は恐縮しながらも一緒のテーブルに着いてくれた。

少尉は終始緊張を緩めず、表情は硬いままで、何かあればすぐ対処できるよう神経を尖《とが》らせているのが肌で感じられたが、食事自体は楽しんでくれたようだ。

「一生の記念になります」

真面目な顔つきで言われ、秋成は思わず苦笑した。

「大袈裟《おおげさ》です」

「いえ。殿下がこのことをお知りになったら、お気に召さないかもしれません」

「そんなことはないと思いますよ」

ドハ少尉はイズディハールの信頼厚き人物だ。年齢もさして違わず、学生時代はご学友と呼ばれた一人らしい。外交官付きの士官として二年間海外勤務に就いていたが、この春任期を終えてシャティーラに戻り、秋成付きの側近になった。イズディハール自身が人事に口を出して少尉を引っぱったとも聞いている。それだけ気に入っているということだ。

「以前、私に付いてくださっていた護衛官が事件を起こしてしまったので、次の担当を選ぶ際にはずいぶんご意見なさったと伺っています。難しい人事だったことは想像に難くありません。殿下は少尉を強く信頼されておられます」

秋成がそう返すと、少尉は「もったいない」と狼狽《うろた》える。

「殿下は妃殿下のことを常に一番にお考えでいらっしゃいます。このたび私が妃殿下を御守りする役目を仰せつかりましたこと、大変光栄に思っております」

少尉の態度は誠実そのもので、秋成に向けるまなざしは真摯だ。

人当たりがよく好感度の高いドハ少尉が秋成の傍にいてくれるようになって、秋成はとても心強かった。ドハ少尉とはウマが合うのだろう。結婚当初と比べると、女官や侍女たちとの関係もずいぶんスムーズになったが、なんでも話せて相談に乗ってもらえるまでに心を許せる人はいない。ずっと男ばかりの環境に身を置いてきたため、女性との付き合い方が今ひとつわからないせいもある。その点、少尉のほうが楽だった。

「ここを出てゆっくり歩いてホテルに戻り、着替えをして一休みしていたら、殿下が到着される時間になりそうですね」

秋成はさらっと話題を変えた。

「はい」

ドハ少尉も淀みなく受け答えする。

イズディハールともう間もなくまた会える。

そう思うと、秋成の胸は甘やかに疼き、心臓がトクトクと鼓動を速めだす。

たった半日別行動しただけだが、旅先でイズディハールと離れたのは初めてで、やはり落ち着かなかった。ぜひ私用を優先させてください、と勧めたのは秋成のほうだというのに、いざ一人になると、イズディハールが傍にいないことが残念で、寂しくてたまらない。

こんなことではだめだ。もっとしっかりしないと、いつかイズディハールに迷惑をかけてしまう。秋成はグッと下腹に力を込め、息を吸い込んだ。

「帰りましょう」

「はっ」

遅めのランチを時間をかけてゆっくりとったので、食事をしている間に日はだいぶ傾き、西の空を薄紅に染めかけていた。

ドハ少尉とときおり他愛のない会話をしながらホテルまでの道程を歩き通す。思ったより遠くまで来ていて、広場近くの宿泊先に帰り着くまで一時間ほどかかった。すでに五時を回っている。

少尉に部屋の前まで送ってもらう。

「お疲れ様でした」と労《ねぎら》うと、少尉は微《かす》かにはにかんだ表情で恭《うやうや》しく一礼し、秋成が部屋に入ってドアを閉めるまで頭を上げなかった。

＊

イズディハールが来るまでは一人きりのスイートルームで、秋成はマントとシルクハットを外し、白手袋を脱いだ。

男装を解くと秋成の気持ちは自然と女性らしくあることに傾く。立ち方一つとっても、自分でも不思議なくらい所作が変わる。

少し前までは、とにかくどちらか一つの性を選び、もう一方は捨て去らなくてはいけないと思いがちだった。イズディハールと結婚してからはそれが大きく女性側に傾きかけていたのだが、今日こうして男性として行動してみて、両方の性を持っていることを自分の特性だと受けとめ、どちらの自分も尊重して生きてもいいのかもしれないと思えてきた。イズディハールがこれまで繰り返し秋成に言ってくれた言葉が、あらためてすとんと胸に落ちてきた感じだ。今まで自分はイズディハールの言葉をありがたがり、畏れ多いと恐縮するばかりで、実はちゃんと聞いていなかったのかもしれない。そんなふうに思えた。

自分は素晴らしい伴侶と巡り合えた。本当に感謝しかない。

中東に位置する専制君主国家シャティーラの第一王子、イズディハール・ビン・ハマド・アル・ハスィーヴの妃になって、そろそろ一年になろうとしている。

半陰陽という特異な性を持つ秋成を、イズディハールは「そのままのきみでいい」と受け入れ、求婚してくれた。世間的には女性として通すことも秋成自身納得した上で承諾した。そうしなければ国民はこの結婚を許さないだろうし、秋成と結婚できないならイズディハールは国を捨てる覚悟でいるのがわかったので、秋成も国民を騙《だま》す罪を背負う決意をした。自分のせいでイズディハールが何もかも失うことになるなど、恐ろしすぎる。優れた王子を失うことはシヤティーラの国民にとっても大きな損失だ。絶対にそんな事態を招いてはいけないと思った。

イズディハールとの出会いは秋成の人生を劇的に変えた。

十二歳の時に両親を相次いで亡くし、母方の実家に義理で引き取られて冷遇される中、誰にも言えない秘密を抱えて孤独に生きてきた秋成にとって、それは夢物語の主人公になったような僥倖《ぎょうこう》だった。

おそらく自分は生涯一人で過ごすのだろうと思っていたが、イズディハールから「皇太子の座を降りてでもきみと一緒になりたい」と誠心誠意口説かれて、心が揺れた。

自分なんかで本当にいいのか、国民の期待を裏切らせてまで傍にいても果たして幸せにしてあげられるのか、胸が引き絞られるほど逡巡《しゅんじゅん》した。

せめてもの救いは、イズディハールの双子の弟ハミード王子の存在だったが、当初秋成は彼とぎくしゃくしていて、きっと嫌われているに違いないと思っていたので、彼が渋々ながらも二人の結婚を認め、国王陛下の説得に一役買ってくれたと知ったときには驚いた。

「敬愛する兄上のためだ」

冷ややかな口調で言われ、むろんそのとおりだろうと納得しながら、いよいよ腹を括《くく》らなくてはいけないと秋成も意を固めたのだった。

王位継承権第一位である皇太子の座をハミードに譲り、一介の王子となったイズディハールだが、王室の一員としての義務はそれまで同様について回る。イズディハールは、国民の寛容さに深く感謝する、生涯かけて己の責務を全うする、と単独で臨んだ結婚発表会見の場で述べ、言葉どおりに皇太子だったとき以上に多くの公務を引き受け、身を粉にして国のために尽くしている。

秋成にも当然、妃としての務めを果たすことが求められる。

今回の欧州四カ国を巡る親善訪問も公務の一環で、欧州諸国ではパートナー同伴が通例のため秋成も同行することになった。

四カ国の中にはエンデ共和国は含まれない。

ここへの立ち寄りは非公式のものだった。十日に亘《わた》る公務の最後に、休養を兼ねてエンデ共和国で一泊してから帰国することは、最初から日程に組まれていた。

予定では一緒に入国するはずだったが、公務で直前に訪れた国でイズディハールは米国留学時代の恩師と思いがけず再会した。大変お世話になった方だということだ。

この機を逃せば次はまたいつゆっくり会えるかわからない。迷った末にイズディハールは予定を半日変更して教授宅への招待を受けることになった。積もる話もあるでしょうから、ぜひそうしてください、と勧めたのは秋成だ。

「私のことはお気になさらないでください。ご到着をホテルでお待ちしています」

秋成の発言にイズディハールは気持ちを動かされたようだ。

「そうか。では、申し訳ないがきみの言葉に甘えさせてもらおう」

イズディハールは躊躇いを払いのけるようにして決め、秋成にも別行動の間は自由に過ごすようにと言ってくれた。

「そのほうが俺も気兼ねせずにすむ。有名な祭りの期間中でもあるし、せっかくだから部屋に籠もったりせず観光をするといい。エンデは治安のよい国だ。ドハ少尉もいる」

「はい」

秋成は素直に頷き、そうさせてもらいますと返事をした。遠慮してばかりだと、かえってイズディハールに気を遣わせてしまう。共に過ごす時間が長くなるにつれ、秋成にもだんだんそれがわかるようになってきた。

秋成にとって国外での公務は今回が初めてで、分刻みでスケジュールが決められていたこの八日間は、緊張の連続だった。どこへ行くにも人目がある。皆、秋成がどういう身分の人間か知っており、ファッションから言動の一つ一つに至るまで興味津々《しんしん》に見られるので、常に気を張り詰めていなければならなかった。イズディハールが傍にいてくれたおかげで大きな失敗をすることなく務めを果たせたが、精神的にかなり疲弊していたかもしれない。旅程の最後にどうしてもと言ってオフタイムを設けさせたイズディハールの心遣いが身に染みる。無理を聞いてくれた関係者の尽力をありがたく思う。

イズディハールの言葉に甘え、旅程どおり一人先にエンデ共和国入りした秋成は、ドハ少尉を伴って祭り期間中で観光客が通常の何倍も訪れた街を観光して回った。そうして久々に、誰からも気づかれないという解放感を味わえたのだった。

ホテルの部屋で人心地つくと、秋成は浴室で軽くシャワーを浴び、汗を流した。

素肌の上から絹地のドレッシングガウンを羽織った姿で髪を梳《と》かしていると、部屋のドアをノックする音がする。

まさか、と思ったが、入ってきたのはイズディハールだった。

聞いていた時間より三十分ほど早くて、秋成はまだ出迎えの支度ができていないことに狼狽えたが、それより嬉しさのほうが圧倒的に勝っていた。

「待たせたね」

「イズディハール……!」

顔を見た途端、秋成は嬉しさで胸がいっぱいになった。

自覚していた以上にイズディハールの不在を寂しく感じていたようだ。

ぎゅっと力強く抱き締められて、キスされる。

イズディハールの腕の中で秋成は、守られ、愛されていることをこれでもかとばかりに感じさせられ、こんなに幸せでいいのかと申し訳なくなるほどだった。たった半日離れていただけだったが、こうした時間を挟んだことで二人の絆がさらに深まった気がする。

「お早かったですね」

「ああ。やはり、きみをドハ少尉に預けているかと思うとどうにも落ち着けなくてな。もっと余裕のあるところを見せたかったのだが、無理だった」

　えっ、と当惑する秋成に、イズディハールは茶目っ気を含ませた笑みを浮かべ、「狭量な男だとがっかりしないでくれ」と自嘲気味に言う。

「正直に言おう。半日きみと一緒にいられた少尉にやきもちを焼いた。恩師と会っていても気も漫《そぞ》ろだった。自分からそうするように勧めておきながら、やはりきみと離れるのではなかったと後悔した」

「少尉はあなたへの忠義を守り通されましたよ」

「むろんそうだろう。俺も疑ってない」

「私も、あなたと一緒でなくて残念でした。……寂しかったです」

「秋成」

　再び骨が軋むほど激しく抱擁される。

「あんまり俺を挑発するな」

「す、すみません……！」

　ふわっとした薄地のガウン一枚という無防備な姿でいることを秋成はあらためて意識し、頬を赤らめた。

「謝ってももう遅い」

　耳朶《みみたぶ》に唇を近づけ、思わせぶりに囁《ささや》かれる。

色香の滲む声音に秋成はビクンと身を震わせ、あえかな声を洩らしかけた。

胸元に手を入れられ、ガウンの襟を開いて肩が見えそうになるほどはだけられる。

「きみもまんざらでもなさそうだな。勃《た》ってる」

声だけで性感を煽《あお》られ、昂《たかぶ》らされたことは、硬くなって突き出した乳首を見られればごまかしようもない。

ツンと尖った両の乳首を摘ままれ、指の腹で磨り潰《つぶ》すように揉《も》みしだかれて、秋成は上擦った声を上げて仰《の》け反《ぞ》った。

「やめ、て……あ、あっ」

両の乳首に付けたピアスに指をかけて軽く引っぱられ、さらに乱れた声を放って身悶《みもだ》える。

こうして他人の手で弄《いじ》られるまでは平らな胸にポツリとある粒がこれほど感じる部位だとは全然知らなかった。テロリストの疑いをかけられて捕虜になった際、軍が身柄をイズディハールに預ける代わりに絶対条件だとして体に発信機を付けさせたのが一つめのピアスだった。左胸に付けられたそのピアスは強制だったが、右胸の二つめのピアスは秋成も望んで付けているものだ。これはイズディハールの命を救ってくれた大切なものでもある。そう思うと尊すぎて外せなかった。おかげで両胸ともひどく感じやすくなってしまい、恥ずかしい限りだ。

腰をホールドされて踊るような足取りで寝室に連れていかれ、ベッドに押し倒される。

秋成は「いやです」と何度か弱々しく抵抗したが、イズディハールは聞く耳を持たない。本気で嫌がっていないと承知しているようだ。

キスと愛撫《あいぶ》で秋成を酩酊《めいてい》させ、身も心も蕩《とろ》かす。

ぼうっとしている隙にガウンを開いて脱がされていた。

何も身につけていない股間にイズディハールの手が忍ばされてくる。

「濡《ぬ》れてる」

艶《つや》っぽい声音で言って耳朶にやんわりと歯を立てられ、秋成は恥ずかしさのあまり息が止まりそうだった。頭の中がまっ白になって消し飛び、何も考えられない。

上気した顔を手の甲で隠していると、イズディハールに優しく払いのけられた。

「恥ずかしがるな」

息がかかるほど間近から見つめられて、秋成は涙の粒が絡んだ睫毛を瞬かせた。

ポトリと頬に落ちた雫《しずく》をイズディハールが舌で舐《な》め取る。

薄く開いた唇をあやすように何度か吸い、秋成の緊張が解れたところを見計らって隙間から舌を差し入れてきた。

イズディハールに搦め捕られた舌がのたうつ。

強く吸引され、秋成はくぐもった呻《うめ》き声を洩らした。

深く濃厚なキスをしながら、イズディハールの長い指は秋成の秘所に埋められ、耳を塞ぎたくなるような水音を立てつつ濡れそぼった谷間を掻《か》き回す。

初めてここに触れられたときは不安と羞恥で恐慌を来しそうになるほど動揺したが、今では舌を吸われたり乳首を弄られたりするだけで切れ込みの奥が熱くぬめってきて、太くて硬いもので貫かれたいと疼くようになった。

「きみがこんなふうになってくれて本当に嬉しい」

イズディハールの言葉は媚薬《びやく》のようだ。

秋成の脳髄を痺れさせ、体を熱くして淫らな欲情を湧き上がらせる。

「ここに俺が欲しい?」

「あ、あ、あっ……!」

濡れそぼった秘所を根元まで差し入れた指でまさぐられ、秋成は浮ついた声を放ち、喘《あえ》いだ。秘肉を擦られ、下腹部に猥《みだ》りがわしい刺激が波のように繰り返し押し寄せ、悦楽のうねりに襲われる。

惑乱しそうな快感に秋成は身を竦《すく》め、腰をのたうたせて耐えた。

イズディハールは感じて乱れる秋成に満足したようだ。顔中にキスを落とし、「好きだ」「愛している」と甘い言葉を惜しげもなく綴《つづ》る。

秋成の秘所からズルリと抜き出された指は卑猥《ひわい》に濡れていた。

イズディハールはそれをシーツで拭うと、スーツの上着を脱ぎ、ネクタイを解いてシャツのボタンを慣れた手つきで外していく。

潤んでぼやけた視界に衣服を脱ぎすてて裸になったイズディハールが映る。

秋成とは骨格から違う筋肉質の美麗な体躯《たいく》を見せつけられ、目が離せず見惚《みと》れてしまう。鍛え抜かれた逞《たくま》しい腕に抱き竦められると、己の華奢《きゃしゃ》さを思い知らされる。

イズディハールは秋成の太股《ふともも》を膝で割り開かせ、両手を掛けて押さえつけた。

「今日の俺はちょっときついかもしれない」

手を摑《つか》んで股間に導かれ、握らされたイズディハールのものはいつも以上に硬く太かった。

秋成は一瞬怯《ひる》んだが、強烈にうつくしい雄の顔をしたイズディハールを見た途端、淫らな震えが全身を駆け抜け、怖さが薄れた。

「ゆっくり挿《い》れるから」

「……はい」

秋成は体重をかけてのし掛かってくるイズディハールの背中に腕を回し、しっかりと抱きついた。

硬い切っ先が柔襞《やわひだ》を掻き分け、押し入ってくる。

「ああ……う……っ」

怒張した陰茎をズズッと奥まで進められ、秋成は疼痛《とうつう》と苦しさと、足の指が引き攣《つ》りそうな快感に叫び、頭を左右に振って悶えた。

「もう少し、奥に行かせてくれ」

「ひっ……！　あっ、あああっ！」

根元までグプッと埋め込まれた剛直でぬかるみの奥を突かれ、柔らかな肉壁を先端で擦られて、秋成は次から次に襲ってくる快感に悶え、惑乱した声を放つ。

「ああぁっ、あっ……！　いや……っ、あ！」

「あぁ、きみの中、熱くて蕩かされそうだ」

「い、言わないで……ください」

イズディハールに恍惚《こうこつ》とした表情を見せられ、気持ちよさそうに腰を揺すられると、秋成自身も気をやってしまいそうになるほど感じてしまう。全身が官能に震え、腰が小刻みに撥《は》ねる。後孔を窄《すぼ》め、イズディハールを迎え入れた前を猥りがわしく収縮させた。

「すごい締めつけだ」

グッグッと秋成の中を押し上げ、抉《えぐ》りながら、イズディハールが嬉しげに言う。

「あああ、だめ。動かさないで、あっ……だ、め……っ」

荒々しく腰を打ちつけられるたびに官能を揺さぶる淫靡《いんび》な痺れが生じ、秋成は背中を浮かせてイズディハールに縋《すが》りつき、恥ずかしい格好に開かされた脚で空を蹴った。

だめ、と弱音を吐いてもイズディハールは腰の動きを緩めない。

それが絶頂を迎えるときの秋成の口癖だと知っていて、むしろ抽挿のスピードを速くする。

「あっ、あっ、あああっ」

秋成はなりふりかまっていられなくなり、シーツの上で全身をのたうたせた。

抜き差しされるとき立つ猥りがわしい湿り音やベッドの揺れが性感を増幅させる。

イズディハールもよさそうだ。秋成の中に深々と根元まで埋めた勃起が荒々しく脈打つ。

「あ、あっ、だめ……！」

秋成は顎を大きく仰け反らせて達《い》った。イズディハールの背中に思わず爪を立てる。逞しい背中はうっすらと汗ばんでいて滑りやすく、筋肉質の滑らかな皮膚を傷つけはしなかった。

「秋成」

達した直後の昂った体をしっかりと抱き竦められ、息を荒げて喘ぐ唇を小刻みに啄《ついば》まれる。

「こちらでも毎回達けるようになったな」

秋成は面映ゆさに目を伏せた。睫毛に引っかかっていた涙の粒が降り落ちる。

「俺はもっときみを乱れさせたい」

「私、これ以上されたら、どうにかなってしまいます」

イズディハール自身はまだ達していない。

秋成が少し落ち着いてきたのを見計らい、止めていた腰を再びズッズッと動かされ、治まりかけていた昂奮《こうふん》がぶり返す。

「あ、あっ。いやっ、あ……あぁっ」

硬く張り詰めた陰茎で熱の冷めない爛熟した秘花の奥を抉られ、突き上げられる。

秋成は惑乱しそうになって嬌声《きょうせい》を放ち、イズディハールの胴に両脚を絡め、太股で締めた。

「ふっ。そんなふうにすると、奥も締まって引き絞られる」

「そ……、すみません……！」

「いいよ。すごく、いい」

力を抜きかけたところを荒々しく突かれ、秋成は上体を反らせて乱れた声を上げた。

「あああっ！」

またしても悦楽の波に揉まれ、意識が飛びかける。

秋成はガクガクと全身を痙攣《けいれん》させ、唇の端から唾液の糸を引かせて悶絶《もんぜつ》した。

「秋成」

「見……ないで。私を、見ないでください」

「なぜだ。とても綺麗だよ」

啜り泣く秋成の髪を撫《な》で、わななく唇にキスをしてあやしながら、イズディハールは男の色香に満ちた端整な顔を綻《ほころ》ばせる。

「きみがイクところをもっと見たい」

イズディハールは猛ったままの己を秋成の前方からズルッと引き抜き、腰を抱え上げた。

露《あらわ》になった尻の狭間に息づく後孔に、蜜で濡れそぼった陰茎をあてがう。

続けざまに二度達かされた秋成は快感の余韻に浸って抗《あらが》う力もなく、イズディハールに身を委ねたままだった。

「愛してる」

イズディハールの気持ちは誠実なまなざしに表れていて疑うべくもなかった。

慎ましやかに窄んでいた襞を濡れそぼった硬い先端でこじ開け、そのまま一気に付け根まで押し入ってくる。

「あぁ、あっ……！」

秋成はあられもない嬌声を放ち、全身を突っ張らせて身を打ち震わせた。

今度は後孔で交わり、狭い器官を深々と埋められる。

下半身を繋《つな》げ、隙間もないほどぴったり肌と肌を密着させる。

秋成からもイズディハールを求めるように腕を伸ばして抱きついた。

「やはりこちらのほうが好きか」

聞かないでください、と秋成はゆるゆる首を振った。

イズディハールの熱と匂いをつぶさに感じる。

陶酔感と幸福感に見舞われ、もうこのまま死んでしまってもいい心地になる。

胸板から飛び出しそうなほど高鳴る心臓の鼓動がイズディハールに伝わっているのだと思うと、どんな顔をすればいいのかわからない。

「もうすぐきみと出会って一年になるな」

イズディハールがしみじみとした調子で言う。

「この一年、俺と共に生きてくれてありがとう、秋成」

ズッ、ズッと内壁を擦り立てて抜き差ししながら、熱の籠もった言葉を重ねる。

「これからも末長く、よろしく頼む」

改まってそんなふうに言われると、鼻の奥がツンとしてきて涙腺が緩み、秋成は困った。

「お、お礼を言うのも、よろしくお願いするのも、……私のほうです」

秋成は抽挿に感じて喘ぎながら返す。

「いつももったいないくらいよくしていただいて、ありがとうございます」

「俺の気持ちはきみに伝わっているか」

「もちろんです」

はっ、あっ、と息を乱して喘ぎつつ、秋成は後孔を猥りがわしく収縮させてイズディハールの怒張したものを貪婪《どんらん》に食い絞め、法悦に溺れた。

イズディハールも呼吸を荒げ、抽挿を速くする。

汗ばんだ肌と肌とがぶつかる音、濡れた粘膜が擦れ合う湿った音が淫猥に響き、晩餐もそっちのけにして会うなり求め合ってしまったことが面映ゆくなる。

秋成の尻たぶに頑健な腰を打ちつけてきながら、イズディハールの指がピアスを通された乳首を摘み、嬲《なぶ》るように揉みしだく。

敏感な乳首を弄られるとじっとしていられない刺激が生じ、秋成は髪をシーツに散らばらせて身動《みじろ》いだ。

「中がうねっている。持っていかれそうだ」

「あっ、あ、あああっ」

「出すよ」

最後はイズディハールの声も切羽詰まっていた。

一際激しく腰を突き出され、秋成は淫らな悲鳴を上げて仰け反った。

弓なりになった体をイズディハールが掻き抱く。

「秋成。秋成」

息を弾ませ、吐息を絡めながら小刻みに唇を奪われる。

「イズディハール」

秋成もイズディハールの唇を塞ぎ、舌を絡ませ、吸い合った。

「ずっとこうしていたいが、八時からレストランを予約してある」

名残惜しそうに秋成の後孔から陰茎を引き抜きながらイズディハールが言う。

秋成の火照った頬に指を滑らせ、優しく撫でる。慈しみの籠もった指遣いが心地よく、秋成はうっとりした。

「続きは夜またしよう」

「はい」

はにかんで頷きつつ、秋成もまた、心の片隅で体を離すのをもったいなく感じていた。

イズディハールに抱かれれば抱かれるほど秋成の体は成熟し、淫らになっていく。

恥ずかしかったが、イズディハールが喜んでくれているのがわかるので、秋成も素直に受けとめることにする。

レストランで帰国前最後の晩餐を愉しみ、部屋に戻ってもう一度最初から丹念に全身を愛された。

イズディハールの情を幾度も受け、秋成は一晩中幸福に浸った。

＊

イズディハールと秋成を乗せた王室専用機がシャティーラの玄関口であるミラガ国際空港に到着した。

ドアが開いてイズディハールがタラップに出てくる。

続いて秋成が姿を見せる。

詰めかけた報道陣が一斉にフラッシュを焚き、辺りは昼間のような明るさになった。

二人は笑顔で手を振って応え、連れ立ってタラップを下りてくる。

イズディハールは最愛の伴侶の手を取り、一段一段秋成の足元を気にかけながら歩を進める。秋成もイズディハールを自然に頼っていることが柔らかな表情から見て取れた。

王子夫妻のこの上なく仲睦まじい様子に、その場にいる誰しもがほうっと感嘆の溜息を洩らし、見惚れている。

ずいぶん妃殿下らしくなったものだ――出迎えの列の先頭に立ったハミードは、以前に比べるとぐっと余裕のある態度で公の場に臨むようになった秋成を見てあらためて思い、凛《りん》とした美貌から視線を逸らせずにいる己の腑甲斐《ふがい》なさに苛立《いらだ》ちを覚えた。

元より二人の間に他人が割り込む隙などなかったのだが、三ヵ月あまり前に起きた航空機爆破テロ事件を機に、いよいよ絆を深め、結びつきを強くした感がある。

いくら恋情を燃やしても、秋成は敬愛する双子の兄イズディハールの伴侶であって、決してハミードのものになることはない。

頭では重々理解しているが、ハミードの気持ちはまだ秋成に囚われたままで、二人が理想のカップルだという事実をこうして思い知らされるたび、心の闇が深くなる気がして自分自身が恐ろしい。羨望《せんぼう》と嫉妬を胸の奥に仕舞い込み、表面上はもう秋成に対して特別な気持ちは抱いていない振りをして二人と相対する。胸に千本の針を突き刺されるような苦痛を味わわされるが、なんとしても耐え抜くつもりだ。イズディハールはハミードにとって己の半身同様のかけがえのない存在だ。イズディハールのためならどんな犠牲を払ってもいい、役に立ちたい、との思いがある。同い年の弟として一緒に生まれ育ってきた自分は、下に連なる兄弟姉妹の誰より長兄を理解しているし、自らの立場も心得ている。イズディハールの妻となる人も喜んで受け入れ、うまくやっていける……はずだった。よもや、その義姉となった人に横恋慕し、万に一つでもチャンスがあるのなら我がものにしたいとまで思うほど激情を掻き立てられるとは予想もしていなかった。

忘れなくては。想っても叶わぬ恋など、一刻も早く胸の内から消し去ってしまわなければ。そう思えば思うほどハミードはよけい秋成を意識してしまい、千どころか万の針に苦しむはめになる。それでも、なかなか気持ちの整理がつかない。不埒《ふらち》な恋情を抑えることができず、悩ましい限りだ。

一時は誰とでもいいから自分も結婚してしまおう、と自棄になりもしたが、それではあまりにも相手に対して不実だし、いい加減すぎる。そんな結婚は誰も幸せにしないと悟り、秋成を忘れんがためにそうした愚行に走るのはやめにした。

どんなにハミードが求めても、秋成の気持ちは揺らがない。わかってはいたが、例の事故が起きたとき、万に一つの可能性に賭けてハミードは秋成に告白した。秋成の返事は予想通りだった。無理だと拒絶され、傷つかなかったと言えば嘘になる。けれど、返事は聞く前からおおかた予測していたので、いくらかは諦めをつけられて落ち着けた気がする。それでも、まだ完全に吹っ切れたわけではない。

今も、イズディハールに寄り添う秋成を目の当たりにすると胸が苦しい。心臓がシクシク痛む。それを押し殺し、精一杯平静を装って、秋成のことなどなんとも思っていない振りをする自分は道化のようだ。滑稽だなと自虐的な気分にもなる。いったいどうすればこの許されざる想いを断ち切れるのか。秋成と顔を合わせるたび、ハミードは試練を受けて己を試されている気がする。

「皇太子殿下」

真っ直ぐハミードの許へ歩み寄ってきたイズディハールにあらたまった呼びかけ方をされ、ハミードは苦い気持ちを呑み込み、口元に微笑を張りつかせた。

「無事に帰国されて安堵《あんど》している」

報道陣が数多《あまた》見守る中での遣り取りは、実の兄弟間であっても形式を重んじた焦れったいものになる。気持ち的には、抱き合って、ざっくばらんに「旅はどうでしたか、兄上」と聞きたいところだし、いまだにハミードはイズディハールから皇太子殿下と呼ばれることに違和感を覚えて落ち着かないのだが、立場上仕方がなかった。イズディハールのほうはハミードを立てることになんら思うところはないようで、それがハミードにはせめてもの救いだ。

王位継承権を放棄したとはいえ、イズディハールの人気は皇太子時代と変わらず高い。異教徒と結婚したくらいで皇太子の座を退く必要はなかったのではないかとの意見が、規律は守るべきだという意見と拮抗《きっこう》していたそうだから、さすがというほかない。メディアも一王子という粗略な扱いをせず、一挙手一投足に注目している。妃になった秋成の美貌も一役買っている。

そんなわけだから王室側としてもイズディハールの存在を蔑《ないがし》ろにするわけにはいかず、国王も少々扱いに困っている節がある。ハミード自身、王室規範がもし改定されるなら、いつでも皇太子の座をイズディハールに返還していいと思っているし、むしろ今すぐそうしたいのが本音だ。やはり、自分には次期国王の身分は重すぎる。生まれ落ちた瞬間から皇太子として養育され、帝王学を身につけさせられてきたイズディハールとは、心構えが違う。叶うことなら元通り一王子に戻りたかった。

報道陣から眩《まぶ》しくフラッシュが焚かれる中、ハミードはイズディハールとハグをして、秋成とは目礼だけ交わす。

「今夜はゆっくり休まれるといい。エリス妃もお疲れのことだろう。陛下には俺から無事帰国されたとご報告しておく」

秋成のことは公式にはエリスと呼んでいる。元から秋成が持っているセカンドネームだが、ハミードにとって秋成は秋成なので、これもまたしっくりとこない。おそらくこの点に関してはイズディハールも同意見だろう。日本とシャティーラの間にはほぼ国交がなく、日本名は国民に馴染みが薄いため、結婚に際してセカンドネームを公称とすることになった。むろん秋成も同意している。プライベートにしても秋成を秋成と呼ぶのは、それこそイズディハールとハミードの二人だけだ。

「そうさせていただこう。殿下、いつもご配慮感謝します」

「なにを仰《おっしゃ》る」

ハミードはイズディハールと肩を並べ、黒塗りの公用車まで共に歩く。秋成は二人の後ろを遠慮がちについてくる。こうしたときの控え方、距離感の取り方に、いかにも元近衛士官らしい気配りを感じる。秋成は常に謙虚だ。それがときどき焦れったくもあるが、シャティーラという国の風習には合っており、国民から好感を持たれている理由の一つであることは間違いなかった。

公用車の傍まで来ると、イズディハールは秋成を振り返り、スッと手を差し伸べて秋成を先に車に乗り込ませた。慣れたスマートな振る舞いに、ハミードは親密さを見せつけられた心地がして、胸が苦しくなった。

すぐに気を取り直し、先ほどまでとは打って変わったざっくばらんな口調でイズディハールに挨拶する。

「それでは兄上、明日王宮であらためて」

「ああ。たまには二人きりでゆっくり話そう。土産話もある。メールでもちらりと触れたが、留学中お世話になった教授と懐かしい話をいろいろした。おまえのことも気にかけておいでだったぞ」

「そう、そのお話をぜひお聞きしなければと思っておりました」

「明晩にでも時間を作れたら幸いだ」

「作りますよ」

ハミードは先に車に乗って待っている秋成にちらりと視線を向け、薄く笑った。

「ですが、兄上はよろしいのですか。秋成を放っておいて」

自分の名を出された秋成が首を回してこちらを見る。ハミードはそれを無視して、あえて秋成とは目を合わせなかった。合わせると、突っ張りきれずに心を乱されてしまうのがわかっていたので避けた。

「その分、埋め合わせはするので、許してくれるだろう」

「はい。もちろんです。埋め合わせなど必要ありません」

秋成が遠慮がちに口を挟む。

相変わらず仲のいいことだ。ハミードはこめかみを引き攣らせ、皮肉っぽく言ってやりたくなったが、ここはまだ公式の場だぞと自重し、踏み止まった。

「では、今夜はこれで」

イズディハールが秋成の横に座ると、侍従が恭しく後部ドアを閉めた。

ハミードも皇太子専用車に乗る。

皇太子専用のリムジンには、ボディガード二名と秘書官一名が同乗した。秘書官は二名同行していたが、あとの一人は同乗せずに政府関係者や報道陣らと共にその場に残る。主に雑務を担当している新人女性で、この春から皇太子担当秘書官の任に就いたばかりだ。ハミードはまだ直接口を利いたこともなかった。

何の気なしにちらりと彼女に目を留めたハミードは、いかにも実直そうだが、地味な女性だなと思った。

「あの新米秘書官、名はなんという?」

初対面の挨拶を受けた際に聞いたはずだが、ハミードは正直、秘書官が誰になろうと全然関心がなかったので右から左に素通りさせて覚えていなかった。

「サニヤと申します。彼女がなにか殿下のお気に障ることでもいたしましたでしょうか」

第一秘書である四十代半ばの男性がしかつめらしい顔で気にかける。

「いや。単に、聞いたはずの名を思い出せなかっただけだ。問題ない」

ハミードは見送りの人々に手を振って挨拶しながら、隅のほうに控えめに立っているサニヤに今一度視線を向けた。

十数年前まではシャティーラでも女性はヒジャブで頭を覆うのが慣習化していたが、昨今は身に着けない者も増えてきた。国としても服装に厳格な規律を設けてはいないため、特に若者の間ではその傾向が強い。

サニヤもヒジャブはしておらず、ダークブラウンの長い髪を後ろで無雑作に一括りにしている。色白で肌の綺麗な女性だが、いわゆる十人並みの顔立ちで美人とは言い難い。実用性を重視したと思しき眼鏡がそれに輪をかけて洒落っ気のなさを強調している。ただ、目だけは印象的で、ハミードの胸にさざ波が立った。物言いたげな、何かを語ろうとしているような目で心に残ったのだ。サニヤのほうもハミードを意識している様子で、こちらがよそを向いていると き視線を感じることが幾度かあった。配属されたての若い女性職員が、国民的なアイドルに近い存在の王子を注視してしまうのは仕方がない。ハミードは別に不快にはならなかったし、気にもしなかった。よくあることだ。

王室関係車両が車列を組んで走りだす。

ハミードが女性秘書官に意識を向けたのはごく僅かな間だけだった。

＊

欧州四カ国を訪問する大きな公務を無事果たして帰国してから十日ほど経ったある日。

「秋成、今日はデートをしよう」

イズディハールが秋成をそんなふうに誘ってきた。

久々に二人揃ってなんの予定も入っていないオフの日だった。

デートと言っても立場上完全に二人きりにはなれないが、身辺警護に腕の立つ側近を二名連れただけなので、普段よりは気楽な外出になった。

「先日はきみが同行してくれたおかげで、各国との外交が大変スムーズにいった。連日のハードスケジュールを一言の不平も洩らさず俺と共にこなしてくれて、本当に感謝している。ありがとう」

車中で改まって礼を述べられ、秋成は畏れ多さに恐縮する。

「私は自分の務めを果たしただけです。あなたとご一緒できて嬉しかったです。よい経験をさせていただきました。私のほうこそお礼を言わないといけません。うまくこなせたのならよかったです。少しでもお役に立てるなら、これからもなんでもします」

「きみは完璧だった」

イズディハールは秋成の手を取り、愛おしげに甲に唇を押し当てる。

「俺はきみが俺の妻で……ああ、いや、伴侶で鼻高々だった」

「……妻、で結構ですよ……」

秋成の性的なアイデンティティを尊重し、妻と呼ぶのを遠慮するイズディハールに、秋成ははにかみながら言った。前から言おう言おうと思っていたが、なかなか切り出すタイミングが摑めず、結婚して一年経った今、ようやく言葉にできた。

「秋成」

イズディハールは意表を衝かれた様子で目を瞠り、秋成が本気で言っているのかどうか見極めようとするかのごとく、秋成の瞳を真剣に覗《のぞ》き込む。

「いつも言っていることだが、無理はしなくていいんだ。だが、もしそうでないのなら、きみの言葉、正直とても嬉しい」

「私、本気です。もっと早くあなたに言うべきでした。お気遣いいただいて申し訳ないと思っていたんです」

「しかし、きみはまだ吹っ切れたわけではないんだろう？」

イズディハールの口調には秋成を思いやる温かさが溢《あふ》れていた。

「すみません、完全に覚悟をつけられたわけではないのですが。でも、私があなたの妻であることは公認の事実です。それなのに私はあなたに甘えて、今までそれが当然の権利であるかのように遠慮させてしまっていました。もう、これからはお気になさらず、お好きなようにお呼びください。そのほうが私も嬉しいです」

秋成は本心からそう望んでいることをイズディハールに伝えたくて、言葉を尽くした。

イズディハールは秋成の一言一句を、息をするのも忘れているのではないかと思うほど注意深く聞いてくれたようだ。緊張した面持ちでひたと秋成の顔を見据える。

「奥さまでも、妻でも、家内でも、か？」

「ええ。全部大丈夫ですよ」

いずれの呼び方にもイズディハールの深い愛情が込められているのが語調からはっきりと感じとれ、秋成は面映ゆさに目元を染めつつ微笑した。

「秋成。俺は本当にきみが男であっても女であってもかまわないんだ。結婚という形を取ったのは、それが最もきみを守れる手段だと思ったからだ。反面、王室の一員になるという特殊な立場に追い込んで苦労させることになり、申し訳ないとも思っている。これ以上の負担はかけたくないし、俺の我を通すつもりもない。それはわかってくれているか」

「はい。承知しています」

秋成はイズディハールの手を握り返し、意志の強さと優しさを湛えた黒い瞳を真っ直ぐに見つめて答えた。

「今のままでも私は精神的にあなたの妻という立場で合っています。一人で生きていくつもりだった頃は突っ張って無理をすることもままあったのですが、あなたと一緒になってからは、そういう頑張り方や意地の張り方はしなくていいと思うようになりました」

「そうか」

イズディハールは納得したように深く頷くと、秋成の頰や耳を優しく愛撫し、顎を擡げて唇を一吸いしてきた。

「きみは相変わらず他人思いだ。もっと我が儘《まま》を言ってくれていいのに、自分を抑えることばかり考える」

「そんなことないです。本来ならプロポーズをお受けしたとき私が引くべきでした。あなたは私に男を捨ててくれとおっしゃってもよかったはずなのに、男である私も込みで受け入れてくださった。感謝しかありません」

「確かに俺は遠慮していたかもしれない。とにかくきみと一緒になりたかった。結婚して正式に俺のものにしたかった。だから強く出なかった。俺にとっては、きみの性がどうであれ些末《さまつ》な問題だったからな。感謝されるほど立派な気持ちからではないんだ」

「黙っておかれてもよかったのに、そこまでおっしゃるあなたはやっぱり潔いです」

秋成はイズディハールに身を寄せ、逞しい胸板に顔を埋めた。

ノーネクタイのカジュアルなシャツ越しにイズディハールの熱と匂い、よく鍛えられた弾力のある肌の感触をつぶさに感じ、秋成はほうっと安堵の溜息を洩らす。

イズディハールに長い指で愛おしむように髪を弄《もてあそ》ばれ、頭皮を愛撫される。その感触の心地よさにうっとりとした。

「好きです」

胸中ではいつも思っているが、照れが先に立って、普段なかなか口にすることのない言葉が雰囲気に任せて素直に出せた。

「俺と結婚してよかったか」

「……はい。心からよかったと思っています」

秋成は気恥ずかしさを押しのけ、ぎこちないながら正直に答えた。

「このままここで押し倒したくなってきた」

イズディハールが秋成の耳元に熱く湿った息を吹きかけて言う。まんざら冗談でもなさそうで、秋成はどう答えていいかわからず、イズディハールの腕の中で身動いだ。

「よ、夜まで待てないのですか……」

「待てない」

まさか走行中の車の中で、と困惑したが、イズディハールは「と言いたいところだが」と残念そうに苦笑し、レースのカーテンで目隠しされた車窓に視線を転じた。

「そろそろ目的地付近に来たようだ」

そういえば、秋成はまだどこへ連れていかれているのか聞いていなかった。

イズディハールに肩を抱かれたままシートに座り直し、カーテンの隙間から外を見る。

車は閑静な住宅街の中を走っていた。

なだらかな坂になった幅広の生活路の両側に、大きくて立派な邸宅が建ち並ぶ一画だ。いずれの家も門構えから堂々としており、手入れの行き届いた庭が通りから眺められるところが多い。スプリンクラーで絶えず散水して美しく保たれた緑豊かなフロントヤードは、富裕層のステイタスの一つだ。駐車スペースにはたいてい高級車が二、三台駐めてある。

そうした家々を横目にしながら坂を上がっていくと、突き当たりに一軒、手頃な大きさの可愛らしい民家があった。

「ここだ」

イズディハールはにっこり笑って告げ、先に降りて秋成に腕を差し伸べた。

手を取られて車外に出た秋成は、比較的こぢんまりとした二階建ての邸宅を見上げ、僅かに首を傾げた。

「どなたのお宅ですか」

「きみだよ、奥さま」

さっそく先ほどのやりとりを踏まえた呼ばれ方をして、秋成は面映ゆさにみるみる頬を上気させた。どう呼んでもらってもかまわないと言った気持ちに嘘はないが、実際にイズディハールに抜群の美声で呼びかけられると、恥ずかしくてどこかへ隠れたくなる。秋成が意識しすぎるのかもしれないが、きみの家だと言われた驚きとも相俟《あいま》って、心臓が鼓動を速めてなかなか静まらない。

「実はきみに内緒で結婚一周年記念の贈りものを用意していた。結婚記念日はもう少し先だが、建物の改装が済んで家具調度品も揃ったと連絡を受けたので、早くきみに見せたかった」

「でも、こんな大きな贈りもの……本当にいただいていいのでしょうか」

「きみだけの隠れ家だ。受け取ってくれないと悲しい」

イズディハールに冗談でも悲しいなどと言われると、秋成はバツが悪くなる。

「今一緒に住んでいる俺の屋敷はいわば公邸だから、お付きの人数も相当なものだし、来客も結構ある。きみもたまには一人になりたいときがあるだろう。ここはそういうときのための場所だ。気兼ねせず自由に使ってくれ」

　自分なんかのためにもったいないと思う気持ちは依然としてあったが、遠慮しすぎてもイズディハールの好意を無碍《むげ》にしてしまう。秋成は躊躇いながらも「……はい」と返事をした。

「いつも過分なお心遣い、感謝します」

「きみは何も欲しがらない。だが、俺はきみに何かしてやりたくて仕方がないんだ。これは俺の気持ちだ」

「はい。ありがとうございます」

　物を受け取るのではなく、イズディハールの心を受け取るのだと考えると、秋成も少し楽になれた。

「気に入ってもらえればいいのだが」

　イズディハールに手を引かれ、敷地の中に入る。

　青々とした芝生が敷き詰められた前庭を通って玄関へ向かう。

　白壁に煉瓦《れんが》色の屋根、庇《ひさし》やバルコニーの手摺《てす》りに優美な意匠が凝らされたスペイン風の建物は、築十数年になる物件らしい。

「ロサンゼルスに留学していた頃、これと似た家に住んでいた。ビバリーヒルズ辺りにはスペイン風のコロニアルリバイバルの建物が結構あった。この物件を見つけたとき、思い出して懐かしくなってね」

「素敵ですね」

横長の建物の真ん中に設けられた玄関は、低い段差のステップを三段上がった先にある。両開きの玄関扉の鍵をイズディハールに渡され、秋成は恐縮しながら受け取った。自らの手で鍵を開け、屋内に足を踏み入れる。

内装はすべてやり替えたと言うとおり、床も壁も染み一つなく、キッチンや浴室などには最新の設備が採用されている。各部屋の家具やファブリック類は上品で落ち着きのあるデザインや柄ものが用いられ、寛げる空間になっていた。

いまだに邸内にいくつ部屋があるかも把握できていない本邸と比べると、こちらはぐっとコンパクトで、料理も洗濯も全部自分ですることができそうだ。

キッチンを覗いたとき、用途に合わせた様々な調理器具が揃っていることに秋成は感心した。イズディハールが慣れた手つきで新品のオーブンを開け、満足げに頷く。

「向こうにはシェフがいるから料理の腕を奮う機会もないが、こう見えて学生時代は自炊していたんだ。いつかきみに俺の得意料理を作ってやろう」

「料理、されるのですね」

「自分で言うのもなんだがローストビーフはなかなかの腕前だ。同居していたハミードにもよく作ってやった。あいつは料理はからきしなんだ」

「そうなのですか」

確かにハミードは男子厨房に立ち入るべからずといった感じで、家事などは得意でなさそうだ。イズディハールのほうが甲斐甲斐しく尽くすタイプであろうことは想像に難くない。双子の兄弟でもそういったところは性格に違いがあるようで興味深い。

「きみは料理は?」

「すみません……私は、あまり」

秋成は面目なさに俯《うつむ》いた。

「ずっと寮にいて、賄い付きでしたので、それで済ませてきました」

「ならば今度俺が教えてやろう」

ここでなら、そうしたこともきっと可能だろう。

イズディハールに案内されて屋内をあちこち見て回るうちに、次第に秋成もこの家を貰うことの意味深さを理解しだしていた。ここでなら、より夫婦らしい時間を持てそうだ。秋成自身、常にお付きの人々に囲まれて世話を焼かれる生活にはなかなか慣れられず、ときどき息苦しさを感じているのは否めない。

階段を上がって二階に移動する。

「ここが寝室だ」

端の部屋のドアを開け、イズディハールは秋成を中に入らせた。

腰高の窓と、ベランダに面した掃き出し窓が二面に設けられた採光のいい部屋だ。中央にキングサイズベッドが据えてある。天井にはシーリングファンが取りつけられていた。

午後二時を過ぎた時刻の室内は明るく健全な雰囲気に満ちていて、夜の淫靡さとは無縁だ。

それでも秋成は、イズディハールに正面から抱き寄せられて顎を擡げられると自然と目を閉じ、押しつけられてくる唇の柔らかさと熱にふるっと身を震わせた。

「ベッドの寝心地、試してみるか？」

「……今、ですか……？」

ああ、としっとりした声で返事をするイズディハールの息が耳朶にかかり、秋成は思わず変な声を洩らしそうになった。

「昨夜はきみの許へ行けなくてせつなかった。公務で遠出していたせいで帰宅が真夜中になったので控えたんだ。きみの寝顔を見たら、起こさずにいられる自信がなかったからな」

一言重ねられるたびに秋成は官能を刺激され、下腹部が猥りがわしく疼き、秘めやかな部分が潤んできたのがわかって気が気でなかった。

腹に響く美声にズンと股間を突き上げられ、もう何度となく経験している痺れるような感覚に襲われる。全身に鳥肌が立ち、甘苦しい刺激が背筋を通って脳髄まで犯す。思わずよろめきそうになり、イズディハールの逞しい体に縋《すが》りつく。

体勢を崩した秋成をイズディハールは軽々と横抱きにすると、慎重にベッドに下ろした。

「あ、あの……ここは明るすぎませんか。私、無理です。見られたくない……」

秋成はしどろもどろに懇願した。

「今さらか？」

イズディハールはときどき意地が悪くなる。ふっと揶揄《やゆ》するように微笑し、熱っぽいまなざしで秋成をじっと見据え、口説きにかかる。

「俺しか見ないのだから恥ずかしがる必要はない」

抱きたい、と唇を寄せて耳元でさらに囁かれ、秋成はビクンッと腰を揺すり、内股を固く閉じた。潤んだ谷間から溢れたものが、股の間まではしたなく濡らしてしまいそうで狼狽えた。

「どうした？　話しているだけで感じたか」

「……っ！　い、意地が悪いです……！」

「ああ。ベッドの中ではな」

イズディハールは悪びれずに認め、秋成が着ているブラウスのボウタイをシュルッと解く。続けてボタンも外され、胸元をはだけられた。

平らな胸を手のひらで撫でられる。

尖りかけた乳首を指先で弾くように擽《くすぐ》られ、ピアスを揺らされる。

敏感な乳首を嬲られて秋成はたまらずあえかな声を洩らした。

「愛してる」

色香に満ちた囁きに体の芯がはしたなく疼く。

ブラウスを肩から滑り落として腕を抜かれ、タイトなロングスカートも脱がされた。

裸になった体を慎重にシーツに押し倒される。

イズディハール自身も手早く服を脱ぎすて、秋成に覆い被さってきた。

ずしっとのし掛かってこられ、イズディハールの熱と重みを全身で受けとめる。

肌と肌を密着させ、下半身を絡ませて抱き合っていると、やがて鼓動が一つになって、どこからが自分でどこからが相手なのか感覚が曖昧になってくる。

昼日中からベッドを軋ませ、湿った部分を接合させた。

秋成の濡れそぼった秘裂を掻き分け、イズディハールが猛々しく張り詰めた陰茎を根元まで埋めてくる。

乱れて放った嬌声はキスで口を塞がれ吸い取られた。

奥を突いて責めつつ、ささやかながら勃起した男性器を指で巧みに扱かれ、秋成はあられもなく泣いて痴態を晒した。

もう許してくださいと頼んでもイズディハールは抽挿を緩めない。

秋成は惑乱するほど感じさせられ、法悦を味わわされた。

甘美な責めは日が翳《かげ》ってくる時刻まで続けられたのだった。

2

欧州のとある小国のＶＩＰが非公式にシャティーラを訪れることになった、と秋成《あきなり》が聞かされたのは五月下旬のことだった。

「トゥルンヴァルト公国をきみは知っているか」

イズディハールに聞かれて、秋成は「はい。詳しくはありませんが」と答えた。

国自体は名前程度しか知らないが、一月半前エンデ共和国の仮装カーニバルでたまたま出会った怪人紳士がその国の人だったことをすぐに思い出す。それまで一度として話題にのぼったことのなかった国の名を、短い期間のうちにまたもや耳にするとは、奇妙な符合だと思った。重なるときは重なるものだ。

「うちとは現在積極的な交流はなく、俺も父上から聞くまでよく知らなかったのだが、祖父の代に少し親交があって、父上も先方の国王である大公と旧知の仲らしい。数日前に外務省経由で、第二王子が見聞を広めるために我が国を訪問したがっている、との連絡があり、双方で話し合った結果、国賓として招くような大仰なことにはせず、我が王室が王子殿下を一個人としてプライベートに接待することになった」

王子自身の強い希望に基づく扱いでもあるという。

「我が国にお迎えするのは来月初旬の予定で、日程がはっきりし次第あらためて連絡がある。急な話できみにも負担をかけて悪いが、滞在中は主にうちでお世話することになりそうだ。客用寝室の準備その他、手配しておいてくれるか」

「畏まりました」

賓客を迎えるための気配りをするのは女主人の役目であり、センスが問われる重要な局面だ。不手際があれば秋成ばかりでなくイズディハールの顔にも泥を塗ることになる。女官たちの目も厳しく、容赦ない評価が下されるため、大変荷が重い。

「きみならきっとうまくやれる」

イズディハールに励まされ、秋成は絶対に信頼を裏切りたくないと気を引き締めた。

「アヒム殿下は気さくで鷹揚《おうよう》なお人柄と聞く。好奇心旺盛で明朗快活、社交的な御方だそうだから、そうしゃちほこばる必要はないだろう」

年齢も二十三、四と聞き、少し気が楽になった。作法やしきたりを完璧に守らなくてはいけない方を迎えるときには、調度品一つ一つに無礼がないか、使ってはいけない色味やモチーフが含まれていないか等、事細かに心を配る必要があるが、今回はそこまでの厳格さは求められていないようだ。

準備期間は十日ほどしかなかったが、どうにか自邸にお招きする支度も調い、来訪当日、ミラガ国際空港で皇太子ハミードを筆頭に弟王子らと共にアヒム・トゥルンヴァルト殿下をお迎えした。

夜間に目立たないよう到着した専用機の扉が開いて、アヒム王子が姿を現す。

秋成は王子の体つきを目にして既視感を覚えた。

まさか、と直感的に思い当たり、咄嗟《とっさ》に俯《うつむ》きがちになる。

あのときは椅子に座ったままの姿しか見なかったが、肩幅の広さや胸板の厚み、すらりと伸びた腕の感じがそっくりだ。なにより、仮面で半分隠れていたとはいえ、顎や頬骨、鼻筋の通り方から見てとれる顔の骨格が瓜二つで、同一人物ではないかと思った。

アヒム王子がタラップを下りて近づいてくるに従い、もしかしてという恐れは確信に変わっていった。

顔を合わせれば、向こうもこちらに気がつくだろうか。

今日の秋成は膝が隠れるほどの丈のタイトスカートがボトムの、クリーム色のスーツ姿だ。髪は侍女がギブソンタックにアレンジしてくれており、スーツとお揃いの小さな帽子を被っているため、畏まった印象だ。自分でも普段よりかなり女性寄りのファッションだと感じるので、怪盗紳士に扮《ふん》していたときとは別人に映るだろう。

それでも、アヒムが、ハミード、イズディハール、と順に挨拶を交わして秋成の目の前に立ったときには心臓が乱打するほど緊張した。

「妻です」

イズディハールが秋成をアヒムに紹介する。

最初のうちはイズディハール自身、秋成を妻と呼ぶことに慣れず、どこかぎこちなくて初々しさすら感じられていたのだが、日を重ねるごとにお互い馴染んできて、今ではすっかり板についた感がある。

「エリスと申します」

秋成はおそるおそるアヒムと顔を合わせ、名乗った。

アヒムがあの時の怪人紳士であることは、間近で相対して疑いようもなくなっていた。ふわりと微《かす》かに漂ってきたトワレの香りが記憶を鮮明にする。同じ香りだ。

只者《ただもの》でない雰囲気は感じていたが、よもや一国の王子だったとは想像もしなかった。お互い様と言えばまさしくで、蓋を開けてみればとんだ狐と狸の化かし合いだったわけである。こんな奇遇が重なるものなのかと不思議な気持ちになる。現実は小説より奇なりだ。

あなたはあの時の、といった発言がアヒムの口から出るかもしれない、と秋成は覚悟した。

だからといって特に不都合があるわけではないのだが、あの場で最初から最後まで男として振る舞ったことを、アヒムは奇異に感じて、何か隠し事があるのではと勘繰りはしないかと心配だった。秋成の公的な立場からすると、嘘をついて騙《だま》した形になって気まずい。

「あ、は、はじめまして。どうも」

意外にも、アヒムは秋成の顔をまともに見ることすらできないほど、緊張しているようだった。ハミードやイズディハールに対しては物怖じした様子もなく、堂々と自分から手を差し出して握手を求めたり、ハグしたりしていたのに、秋成とは目を合わせようともせず、硬くなっている。

これではとうてい秋成が怪盗紳士に扮していた人物だと気づく余裕はないだろう。顔を赤く染めて眩《まぶ》しげに睫毛《まつげ》を瞬かせ、落ち着かなそうに手でスーツを意味もなく撫《な》でるしぐさが、女性に対する免疫のなさを物語っているようだ。

アヒムはなんとか気を取り直し、秋成とぎこちなく握手をすると、次に控えるヤズィードとの挨拶に進んだが、その際にも一瞬視線を合わせただけで、秋成の顔をまともに見なかった。

結局、秋成が以前会って話したことのある怪盗紳士だとは気づかなかったようで、秋成はとりあえず安堵《あんど》した。この際イズディハールに打ち明けるべきかと迷ったが、アヒムが気づいていないのならば話す必要はなさそうだし、よけいなことで煩わせても申し訳ないので、黙っていることにした。

ハミードがアヒムと同乗し、後続車にイズディハールと秋成が乗る。他の王子たちや側近たちも残り二台に分乗して、王宮に向かう。

今夜はこれから王宮で内輪の晩餐会が行われる。出席者はハマド国王夫妻とハミード、イズディハール、秋成、そして第三王子ヤズィード、第四王子ジャマルまでだ。基本的に未婚の王

女たちはこうした場には同席しない。

「アヒム殿下は、きみをまともに見たら目が潰《つぶ》れそうだと言わんばかりの動揺ぶりだったな」

王宮へ向かう車中でイズディハールがおかしそうにする。

「きみの美貌に驚いて、直視できなかっただけだろう。気を悪くしないでやれ」

「もちろんです。美貌かどうかはさておき、さすがにあそこまでの反応は初めてで、私も少々戸惑いましたが」

「まだ若いし、あまり経験がなさそうだから、きみみたいな年頃の人妻とどう接したらいいかわからなかったのかもしれない。もしくは、女性そのものが不得手なのか、だな」

イズディハールは秋成を見てふわりと微笑《ほほえ》み、揶揄《やゆ》する。

「いずれにせよ、きみの罪作りさは俺がよく知っている」

「やめてください……！」

心外です、と秋成はイズディハールを窘《たしな》める。

イズディハールは秋成の左手を取ると、薬指に嵌《は》めた結婚指輪に口づけ、冗談だ、と躱《かわ》す。

アヒムはおそらく女性が得意ではないのだろう。イズディハールと話していて秋成はそちらのほうが納得できた。エンデのカフェでは堂々と秋成を見つめ、とても綺麗《きれい》ですね、などと奥手とは到底思えない発言をしていた。イズディハールが言うような美貌に驚いて呑まれる感じではまったくなく、むしろスマートかつ積極的に迫るタイプだ。

あの時、秋成は自分がシャティーラの人間だとは明かさなかったものの、アラブから来ているとだけは話した。アヒムがシャティーラを訪れたのはたまたまだろうが、旅先でほんの少しかかわった行きずりの者同士が、こんなふうに思いがけない形で再会するとは、先のことは本当にわからないものだ。

王宮の玄関先では国王夫妻がアヒムを出迎えに立っていた。

互いに国同士が長年交流を途切れさせていた無礼を詫《わ》び、今後はもっと積極的に関わり合いましょうといった挨拶を交わす。

そうした遣り取りを脇に控えて見守っていたとき、秋成の傍らにはたまたまハミードが立っていた。それだけならべつに秋成も意識しなかったのだが、王宮内にアヒムを案内する際、今回の主たる世話役であるイズディハールが先に立つことになったため、秋成はそのままハミードと並んでついていく形になった。

ハミードとはときどき顔を合わせはするものの、二人きりで言葉を交わす機会はあまりない。秋成の側に遠慮と、微かな警戒心があることは否定できず、おそらくハミードもそれに気がついているようだった。

長く幅広の廊下を歩きながら、秋成は少なからず緊張していた。

晩餐室に行くまでの間、ハミードが無言を通すとも考えられたが、儀礼的にでも話しかけられたなら、果たして平静を装って自然な受け答えができるだろうか。

実のところ秋成はハミードと二人きりになることを恐れていた。切羽詰まった告白を受けたときのことが頭を去らず、ハミードの顔を見るたびに、脳裡《のうり》に薔薇《ばら》の咲き乱れる温室での一件がまざまざと浮かぶ。いい加減忘れなくてはハミードも迷惑だろうと思いつつ、ハミードの気持ちを聞かされた衝撃が強すぎて、簡単にはいかなかった。

「あのとき俺が渡した護身用の短剣、まだ持っているか」

唐突にハミードが低く抑えた声で秋成に話しかけてくる。

秋成はビクッと身を硬くした。

ハミードもまた秋成同様、あのときのことをいまだに引きずっているのだと思い知る。おそらく、秋成以上に苦しみ、つらい思いをしているのであろうことが、ふっと洩《も》らされた重々しい溜息から察せられ、胸が引き絞られるように痛む。

しっかりしなければと秋成は唇を嚙《か》みしめる。

「はい。守り刀だと思って自室に置いております」

そうか、とハミードは硬い表情で頷《うなず》く。

そっと窺《うかが》った横顔は心なしか強張っているように感じられ、秋成は気易く自分から話しかけることができなかった。迂闊《うかつ》なことを言ってハミードに不快な思いを味わわせることになっては、と慎重になる。

「俺がやったものでも嫌悪せずに持っていてくれる。おまえは情が深いな」

淡々とした調子で、にこりともせずにハミードは言う。

情が深いという言い方には、皮肉も含め、本人にもままならないのであろう複雑な感情が見え隠れしている気がして、秋成は相槌《あいづち》を打つのすら躊躇《ためら》った。

「……よかったら、ずっとそのままでいてくれ」

ポツリと告げられた言葉の意図するところが秋成には正直わからなかった。

秋成の戸惑いがハミードにも伝わったのか、ハミードは自嘲気味に笑い、言い足した。

「今はまだ完全には気持ちを整理しきれずにいるが、いずれ必ずきちんとする。せめて俺が義理の弟であり続けることは許せ」

ああ、そういう意味か、と秋成にもようやく理解できた。

「許すも許さないもありません。私は殿下のことも家族としてお慕い申し上げております」

「家族として。そうか」

それでいい、とハミードが呟《つぶや》くように言ったのが秋成の心に残った。

秋成の隣を歩き、ぎこちない会話をしていた間中、ハミードの顔つきは強張ったままだったが、秋成はあえて気づかぬふりをする以外なかった。

広々とした晩餐室に入ると、真っ白いクロスが掛けられた縦長のテーブルが、金の燭台《しょくだい》や美麗なアレンジメントフラワーで華やかにセッティングされていた。

招待された王家の面々と、賓客のアヒム王子とでテーブルを囲む。

和やかで落ち着いた雰囲気の中、創意工夫が凝らされた料理を愉しみ、歓談に興じる。

アヒムは国王夫妻の間に着席し、秋成とは二席隔てて横並びになる位置関係だったので、ここでも顔を合わせて喋《しゃべ》ることはなく、ほとんど交流しなかった。

食事中の会話は国王がアヒムに、国のことやアヒム自身について聞き、アヒムがそれに対してウイットに富んだ受け答えをする形で盛り上がることが多く、アヒムの弁の達者さ、屈託がなく人懐っこい人柄が推し量られた。

カフェで話したときに本人が言っていたとおり、お喋り好きで隠し事が苦手な正直すぎる性格らしい。軽率だと父にたまに窘められます、と苦笑いしていたが、ここに来て秋成にも、さもありなんと頷けた。ある意味、人がよすぎるのだろう。歳の割に無邪気だ。まさに御殿育ちの次男という印象で、王子の立場でしか物を見たことがない世間知らずさを感じる。

滞在中何事もなくシャティーラを楽しんでいただければよいが、と秋成は心から願った。シャティーラは中東では治安は悪くないほうだが、絶対安全という保証は誰にもできない。気をつけるに越したことはなかった。

「ちなみに、旅の一番のお目当てはなんなのでしょう。こちらで手配できることがあればさせていただきますよ、殿下」

ハミードが親切心を出して言うと、アヒムは照れくさそうに顔を綻《ほころ》ばせた。

「あ、いえ、特に目的があるわけでは……」

歯切れの悪い口調に、秋成はこの場では言いにくいのだなと察した。

聡《さと》いハミードも気づいたらしく、「そうですか」とすぐに退く。

「もし何かあればいつでも遠慮なくご相談ください」

「はい。ありがとうございます」

二人の遣り取りに耳を傾けていた秋成に、隣席のイズディハールが低めた声で囁《ささや》いてきた。

「どうも、ただ観光しに来られたという感じではないようだな」

イズディハールもアヒムの態度に違和感を覚えたらしい。

自邸に滞在してもらう以上、アヒムの行動に目を配り、身の安全を確保するのも務めのうちだ。非公式の訪問とは言え、王子の身に万一があれば国際問題に発展しかねない。確かに王子には少し考えの甘いところが見受けられるので、イズディハールの心配はもっともだった。

「きみも殿下からなるべく目を離さないでくれるか」

「はい。承知しました」

明日からは秋成たちの住む屋敷でお世話することになるため、否応もなく向き合わなくてはいけない。きっとすぐに、怪盗紳士に仮装して男だと思わせていたあの時の、と気づくだろう。相当バツが悪いが、正直に認めて、騙した形になって申し訳なかったと詫びるほかない。安易に一時凌ぎをした自分が悪かった。

晩餐のあと、男性たちはシガールームに行き、葉巻を吸ったりコーヒーを飲んだりしながら男同士砕けた雰囲気で寛《くつろ》ぎだした。扉の一部にガラスが嵌め込まれており、室内の様子が覗《のぞ》けるようになっていて、アヒムも交えて歓談している様が通りすがりにちらりと見て取れた。

秋成はシガールームの先にある王妃の居間で、義母と一緒に紅茶をいただいた。

「そういえば、最近ハミードはようやく他の女性に目を向ける心境になったみたいなの」

他愛ない話が一段落したところで王妃が嬉《うれ》しそうに言い出した。

秋成にとっても待ち望んでいた話ではあったが、晩餐会が始まる前にちょっと言葉を交わした際には、そんな感じは受けなかったので、秋成は半信半疑で小さく首を傾げた。

「どなたかハミード殿下からご紹介があったのでしょうか」

「いいえ、それはまだなの。あの子は昔からちょっと捻《ひね》くれたところがあるから、ギリギリまで私たちには言わないつもりだと思うわ。ああ見えて照れ屋なのよ、実は。あなたの夫とはそのへんだいぶ性格が異なるようよ」

「なんとなく、わかる気がします」

本心は胸の奥深くに秘めてなかなか明かそうとしない――ハミードには確かにそういうところがある。だから、秋成もハミードから禁断の告白を受けるまで、ハミードがそんな気持ちで自分を見ていたことに少しも気づかなかった。逆に、ずっと嫌われているに違いない、憎まれているだろうと思っていたくらいだ。秋成に対する態度は常に冷淡で厳しく、ひどい言葉で傷つけられたことも何度かあった。まさかイズディハールとほぼ同じ時期からずっと想っていたなどと告げられるとは、想像もしなかった。

一度は周りの勧めに従って高貴な身分の女性と婚約までしたものの、ある事件をきっかけにあっさり別れ、以降はすっかり結婚する意志を薄れさせたようだった。婚約解消に至った事件は、秋成にも関係のあることだったため、秋成はずっと責任を感じていた。

できれば新しい恋をしてほしい。先ほどハミードと話したときにも家族という言葉を使ったが、掛け値なく家族の一人としてハミードの幸福を願っている。王妃の勘が当たっているなら秋成も嬉しい。

「お相手の見当はおつきですか」

「もしかして、と感じた程度だから、違っていると双方に申し訳ないので今は私一人の胸の内に留めておきたいわ」

王妃は思慮深く言う。

前回のことがあるので、憶測だけで周囲にまで期待を持たせるのは避けたいと考えているのだろう。そのせいで逆に拗《こじ》れたら本末転倒だ。秋成も頷いた。

「うまくいくといいですね」

「ええ。ハミードから紹介がある日を今から楽しみにしているわ」

国王も王妃も心が広くてリベラルな考えの持ち主だ。異教徒で、今や国交が断絶した国の出身だという難しい立場にあった秋成を、最終的に受け入れ、家族の一員に迎えてくれた。生まれつき子供を作ることのできない体だとイズディハールに説明されて、ずいぶん悩んだに違いないが、国民から絶大な支持を受けている第一王子を王室から離反させて失うくらいならばと、背に腹は代えられず究極の選択をするに至ったのだ。

途方もなく勇気のいる決断であっただろう。

秋成がさらに感謝しなければいけないのは、そうして無理を通して結婚を認めさせたにもかかわらず、一度受け入れると決意してからの国王夫妻は、数多《あまた》の圧力に屈することなく秋成とイズディハールを守り続けてくれている事実だ。秋成は二人の存在に何度励まされ、救われたかしれない。

そうした自分自身の例があるので、ハミードのお相手がどんな身分の女性であろうとも、国王夫妻はそれだけで判断し、反対することはないと言える。きちんとその人自身の資質を見て皇太子の相手にふさわしいかどうか考えるだろう。ここ最近、世論も寛大な方向に傾きつつあって、王位継承者も異教徒と結婚できるように王室典範の見直しをしてもいいのではないか、との意見が増えてきたと聞く。そのくらいイズディハールの退位は国民の間に衝撃をもたらしたようだ。ハミードには同じ轍《てつ》を踏ませたくないと皆が憂慮しているのがひしひしと感じられる。ハミードもまた、イズディハール同様、昔から国民に愛されてきた王族であり、現皇太子なのだ。

「ハミードが結婚すれば、あなたの悩みもまた一つ減るのではなくて?」

続けて王妃に慈しみを込めた口調で言われたとき、秋成はギクリと身を強張らせ、ティーカップを載せたソーサーを持つ指を震わせた。

どんな顔をして王妃を見ればよいのかわからず、目を伏せて睫毛を覚束なく揺らす。

ご存知だったのか、と臍《ほぞ》を噛む思いだった。もっと自分が気をつけて気づかせないようにすればよかった、という後悔や、ハミードを惑わせたのは自分が至らなかったからかもしれないという反省、羞恥、申し訳なさといった様々な感情がドッと押し寄せ、動揺する。

「あなたを責めてるわけではないのよ、エリス」

それでもなお王妃の声音は複雑そうだった。秋成が勇気を振り絞って窺った顔つきも、これまで秋成に対して示したことのない、やや恨めしげな表情を湛えているかに見えた。

「ハミードがあなたを困らせているのではないかと、前から薄々感じていたけれど……やっぱりそうなのね」

「いえ、それは……」

違います、と否定しようとしたが、王妃にまなざし一つで押し止められた。上辺だけ取り繕った会話は不要だと目で告げられた心地で、秋成は唇を噛み、俯く。

「あなたは何も悪くないのよ。それは私も承知しています」

王妃は思いやりの籠《こ》もった優しい声で秋成を落ち込ませまいと気遣ってくれた。

「双子だから好みも似るのかしらね。性格にしても、まるで違うようだけど、根っこの部分は同じ気がするし。あなたがまた特別だから。惹かれるのも無理ないわね」

畏れ多い言葉をかけられ、秋成は恐縮する。

「皇太子殿下が望まれる方との縁談が纏まりますよう、私も祈っております」

「私たちはよほどでない限り反対しないつもりよ」

すでに国王とも話し合いがなされているのか、王妃の言葉はきっぱりとしていた。

「相手が侍女であれ女官であれ、人柄さえよければ問題ないわ。できればあなたともうまくやっていける人がいいとは思うけれど」

秋成に対する配慮にも抜かりがない。

そんなお相手がハミードの許に来てくれたなら、秋成も肩の荷を下ろせる。ハミードが決して嫌いではないし、イズディハールに勝るとも劣らない魅力的な人だと本気で思っているだけに、一日も早く幸せを摑《つか》んでほしかった。

秋成とかかわっていないときのハミードは、冷静で洞察力に優れた思慮深い男だ。イズディハールと比べると破天荒で大胆不敵な一面も持ち合わせているようだが、国を大切にし、尽くす気持ちは人一倍強い。意外と敬虔《けいけん》でストイックでもある。ハミードが自らの意思で選ぶ相手は間違いなく皇太子妃にふさわしい人だろう。

「きっと両陛下のお眼鏡にも適《かな》う方を連れてこられるのではないでしょうか」

秋成も早くお目にかかりたいと思う。

「アヒム殿下も、どうやら想い人がおられるようよ。少し前、偶然知り合った方が忘れられないのですって」

王妃が微笑ましげに言い添える。

「若い方はいいわね」

偶然知り合った人を忘れられずにいる――王妃の言葉に秋成はまさかと思いつつも胸騒ぎを覚えた。それがもし秋成が扮していた怪盗紳士のことだとすれば、またしても複雑な事態になりかねない。

晩餐会の席でアヒムとそうした遣り取りをちらっとしただけで、王妃もそれ以上詳しい話は聞いていないらしい。

これは早急にアヒムに打ち明けなければ。アヒムはさぞかし驚くだろうが、どのみち、あらためて秋成と向き合えばアヒムも気づくはずなので、その前にこちらから「実は」と話して謝るほうが心証はいいと思われる。怪盗紳士の正体を知ればアヒムはがっかりするかもしれないけれど、架空の存在を追わせて時間を無駄にさせずにすむ。秋成はアヒムを振り回すことだけは避けたかった。

紅茶を飲み終えると王妃は「先に休ませていただきます」と言い置いて引き揚げていった。

秋成もイズディハールと二人で寝るよう用意された寝室に行き、入浴して寝支度をする。

風呂から上がってもイズディハールは戻ってこない。

寝室に引き取る際にシガールームをガラス越しに覗いたら、国王はすでに抜けていて、イズディハールたち兄弟四人とアヒムという若い者だけで、本来はタブーのはずの酒を酌み交わしつつ盛り上がっていた。敬虔な信者ではあるがガチガチの戒律主義者でないところも、イズディハールとハミードは同じだ。他の二人の弟たちとは普段ほとんど交流する機会がないのでよく知らないが、上二人よりもっと軽くてフリーダムそうだった。背負っているものの大きさの違いが性格にそっくり表れているようだ。

あの中に交ざれないことを少しだけ寂しく感じたが、イズディハールの前でそんな気持ちをちらりとでも匂わせれば、またイズディハールの心に負担をかけかねず、秋成は自分の中で疼《うず》く男の部分を押さえ込んだ。

秋成の精神的な性は頭で考えるより複雑らしく、結婚して夫を持つ身になってもなお、女性に徹することができずにいる。秋成自身もどうにかしたいのだが、いずれ時が解決してくれるのではないかと期待する以外、今のところ自分でもどうしようもなかった。心に言うことを聞かせるのはかくも困難なものかと思い知らされる。

イズディハールが戻ってきたら、アヒムのことを話そうと待ち構えていたのだが、夜中の十二時を回ってもイズディハールは秋成の許へ来なかった。

久々に男兄弟が集まり、異国の王子殿下とも交流できて、時間を忘れて話が弾んでいるのだろう。

待ちくたびれて、秋成は先に布団に潜り込んで眠ってしまった。

疲れていたのか朝までぐっすり寝入っており、目覚めたときに傍らでイズディハールが安らかな寝息を立てているのを見て、安堵と嬉しさが込み上げた。

端整な顔をしばらく見つめるうちに、ふつふつと愛情が溢《あふ》れてきて、衝動のまま自分から形のいい唇にキスしていた。

僅《わず》かに隙間を作っていた唇の合わせ目をこじ開け、熱い口腔《こうこう》にそっと舌を差し入れる。

「……ん……？」

イズディハールがパチッと目を開けた。

「おはようございます」

秋成は慌てて口を離し、大胆なまねをしたのが見つかった気まずさに睫毛を揺らし、頬を紅潮させる。

「やぁ。おはよう、奥さま」

イズディハールは清々しい笑顔を見せると、上体を起こしかけた秋成の首に片腕を回して引き寄せる。

あっという間にシーツに押し倒され、体を反転させたイズディハールの腹の下に敷き込まれた。ずっしりとした重みと体温、そして、すっかり馴染んだ匂いに包まれ、爽《さわ》やかな朝の日差しがカーテンの隙間から差し込んでいるにもかかわらず、官能を刺激される。

「昨夜は悪かった。皆で話に夢中になりすぎて、解散したのが午前二時だった」

イズディハールは秋成の顔中に熱っぽいキスを散らし、寝乱れた髪を撫《な》でて謝る。

「……あの、私のことは、お気になさらなくて大丈夫です」

敏感な耳殻にも舌を伸ばされ、秋成は感じて震えながら返した。

「そうはいかない」

朝から色っぽすぎる美声を耳元で聞かされると、たまらず脚の間が潤んでくるのがわかり、秋成はイズディハールの腕の中で狼狽えて身動《みじろ》いだ。

「だめ……です。もう、起きないと……」

「ああ、そうだな。埋め合わせは今晩たっぷりとしよう。今は少しだけ」

イズディハールの指が秋成の下肢に伸ばされてくる。

ネグリジェの裾を捲《まく》り上げられ、下着の中に手を差し入れてきて、硬くなりかけた陰茎を掴まれる。

「……っ、や……っ、あ、だめ。だめ！」

握り込まれて、巧みに扱かれ、秋成は顎を仰《の》け反《ぞ》らせて喘《あえ》いだ。

陰茎の下の切れ込みがますます濡《ぬ》れ、ぬめった愛液が滴るほど奥から滲《にじ》み出る。

「どうする？　このまま前で達《い》かせようか。それとも、奥に俺を挿《い》れようか」

選べ、と言われて、秋成はゆるゆると首を横に振る。

「どっちもか」

「ち、違っ……！」

恥ずかしさにイズディハールの胸板に顔を埋める。

イズディハールは満足げに含み笑うと、秋成の脚を開かせ、熱くぬかるんだ谷間に猛った雄芯をずぷっと突き立て、ズンと腰を進めてきた。

秋成は自分のものだとは認め難いほどはしたない声を放ち、体を揺すって身悶《みもだ》えた。

「ふっ、気持ちがいい」

グググッと根元まで秋成の中に埋めたイズディハールが恍惚《こうこつ》とした表情を見せる。

それだけで秋成は泣きそうなほど幸福を感じ、イズディハールの背中に両腕を回して抱きついた。お互い寝間着越しではあったが、隙間なく密着させた体に熱と鼓動を感じ、昂揚《こうよう》する。

イズディハールは挿入したまま腰は動かさず、下腹を打つ秋成のささやかな陰茎をじっくりと可愛がる。

前を犯されたまま、男性器を弄《いじ》られ、秋成は惑乱するほど感じさせられた。

「だめ、ああっ、だめ、いやっ」

じっとしていられず腰が勝手に動く。そうすると中を穿《うが》つイズディハールの剛直を自ら内壁に擦りつけ、奥を突いてもらうことになり、双方から刺激を受けて悶絶《もんぜつ》した。

「好きなほうで達け」

少し乱暴な口調にも性感を煽《あお》られた。

ツンと尖《とが》った乳首が寝間着で擦れ、さらに肥大する。

「アアッ、あ……、あっ、イク……ッ」

自分でも何がどうなっているのか把握しきれぬまま、男性器から射精し、ほぼ同時に奥を収縮させて、立て続けに極めていた。

汗まみれになり、ぐったりとした体をイズディハールが渾身《こんしん》の力で抱き竦《すく》めてくる。達した余韻が治まらず、秋成の体はずっと小刻みに痙攣《けいれん》していた。

「愛してる」

イズディハール自身はまだ満足しておらず、秋成の未発達な狭い器官が裂けそうなほど怒張を膨らませる。

「無理……、まだ、無理です」

今すぐイズディハールに本格的に抽挿されたら、感じすぎて失神してしまう。

秋成は怯《おび》え、啜《すす》り泣きして哀願したが、イズディハールは瞼《まぶた》や唇に繰り返しキスをしてきて秋成を宥《なだ》め、ゆっくりと腰を動かしだした。

「はっ、あ、あっ」

「すぐ終わる」

イズディハールの声も上擦っている。

秋成の中でイズディハールが弾け、熱い飛沫《しぶき》を迸《ほとばし》らせた。

ビクビクと全身をのたうたせて、秋成はまた達した。

喘ぐ唇をイズディハールに塞がれる。荒々しく舌で口腔を嬲《なぶ》られ、おののく舌を搦《から》め捕《と》って舌の根が抜けそうなほど強く吸引される。

少しだけ、と言いながら結局三十分ほどかけて朝から猥《みだ》りがわしい行為に耽《ふけ》ってしまった。

シーツを乱し、染みを作ってしまって、恥ずかしさに赤面する。

「俺としては、きみを抱いた痕跡を留めないシーツを侍女たちに見られるほうが屈辱だ」

イズディハールはふっと笑って、意外と俗っぽいことを言う。

そういえば、結婚披露宴後の初夜の床でも同じような科白《せりふ》を吐いていたなと思い出し、秋成まで照れ笑いしてしまった。

そのまま二人で入浴し、バタバタと支度して朝食のテーブルに着いたので、秋成はアヒムのことをイズディハールに告げる暇がなかった。

朝食後は二人きりになる機会はなく、どうしたものかと迷ううちにアヒムを連れて自宅に帰る時間になった。イズディハールは午後から公務があって、王宮のパブリックスペースへと国王やハミード共々出向くため、秋成には同行しないことになっていた。

いよいよ腹を括《くく》るしかないと意を決し、送迎車の後部座席にアヒムと乗り込む。

アヒムは秋成と二人になると、やはりまだどこか落ち着かない様子で、秋成以上に緊張感を漂わせる。

それでも、車が走りだす頃には、秋成の顔を真っ直ぐに見て話ができるまでになっていた。これでは秋成に失礼だと反省したようだ。

「すみません。……あまりにも妃殿下がお美しすぎて。僕は女性に免疫がないものですから」

驚いたことに、アヒムは秋成を直視しても、秋成があの時の怪盗紳士だとは気づかないようだ。これには秋成のほうが戸惑った。本当にわからないのか、はたまた、わからない振りをしているだけなのか、悩んでしまう。普通はわかるだろうという思いが秋成を当惑させた。男装しているときと、化粧をして女装しているときでは、そんなに雰囲気が違うだろうか。確かにドハ少尉も別人のようです、と言ってくれたが、それはあくまでも秋成を立てるためのリップサービスだと捉えていた。

秋成はこのままもう少しアヒムと話をして、探りを入れることにした。

「昨夜王妃様から、アヒム殿下にはどなたか心に想っておられる方がいらっしゃるようだとお聞きしました」

「うわ。参ったな。つい口を滑らせてしまったのですが、妃殿下のお耳にまで届いていたとは」

アヒムは恥ずかしそうに頭を掻《か》く。そして、秋成の顔をずっと見続けていることはできないのか、頻繁に視線を動かす。自分の母親と同年配の王妃には気楽に話せても、秋成とこうした話をするのは勇気がいるらしい。本当に女性に不慣れのようだ。

「すみません。私の口から他に洩れる心配はありません。イズディハール殿下にも内緒にしますので」

「あ、いえ、そこまで秘密にしたいわけではありませんから、どうかお気遣いなく」

アヒムは慌てたように胸の前で両手を振る。

それから少し考える間を作り、やがて気持ちの整理がついたような晴れやかな表情を浮かばせ、おもむろに切り出した。

「妃殿下にならお話ししてもいいかな」

「その想い人のことでしょうか」

今度は秋成のほうが緊張してきた。

聞きたい気持ちと、聞くのが怖くて気まずい気持ちが交錯する。

だが、アヒムが話すつもりでいる以上、秋成としても聞かないわけにはいかない。今後の対応も含め、把握しておく必要がある。秋成が扮していた怪盗紳士のことではない可能性もおおいにあるのだ。それだけは確かめたかった。

「四月の頭にとある国で知り合った旅行者に、僕はすっかり心を奪われてしまいまして」

秋成の希望的推測はこの段階で崩れ去り、やはり自分のことかと秋成を青ざめさせた。

幸いアヒムは、相変わらず秋成の顔を見たり見なかったりで頻繁に視線を動かすため、どうにか取り繕うことができたと思う。

「実は僕、男ばかりの兄弟で育ったせいか、どうにも女の方との付き合い方がわからず、苦手意識がありまして……。すみません、ですから妃殿下にも失礼な態度を再三とっているかと思います。どうかご容赦いただけますでしょうか」

アヒムは秋成にきちんと謝罪したいがために秘密を打ち明ける決意をしたようだ。それだけ秋成を信じてくれたということだろう。

「そうでしたか。いえ、私は何も気にしておりません。今お話しくださったことも、これからお聞きすることも、決して口外しないと約束いたします」

「はい。妃殿下ならきっとそう仰《おつしや》ってくださると思っておりました。ありがとうございます。おかげさまで心置きなくお話しできます」

秋成の対応に、アヒムは言葉どおり感謝しているのが伝わってくる。秋成は誠意を持ってアヒムに話の先を促した。

「僕が忘れられずにもう一度会いたいと思って捜しているのは、男の方なのです」

アヒムは一呼吸入れ、秋成の反応を見定めようとするかのごとく顔を見つめてきた。

そこでようやく秋成の顔が自分の捜している男性と似ていることに気づいたのか、ハッと息を呑んで目を見開く。

「殿下……」

ついに悟られたかと思い、実は、と続けようとしたのだが、秋成の言葉を待たずにアヒムが慌てて「あ、すみません！」と謝ってきた。秋成を不躾《ぶしつけ》に見すぎたと、申し訳なさそうにする。

「僕としたことが、一瞬、妃殿下とその方の顔立ちに似たところがあった気がして、ご無礼な見つめ方をしてしまいました」

アヒムはいったんは似ていると思ったものの、そんなはずはないと常識的な判断を記憶より勝らせたようだ。

秋成はすぐにそれを否定して真実を告げることができなかった。咄嗟《とっさ》に迷いが出て、言いそびれたのだ。アヒムが頭から自分の勘違いだと決めつけていたため、それならこのままにしておいてもいいかもしれないという考えが脳裡を掠《かす》めた。そうして一度タイミングを逃すと、「実は」と切り出すことはさらに難しくなった。

アヒムが捜している相手が他ならぬ秋成自身である以上、秋成が名乗り出さえしなければ、件《くだん》の怪盗紳士と相見《あいまみ》えることは絶対にない。捜しても見つからないとわかれば、アヒムも諦めざるを得ないだろう。その間はアヒムに期待だけさせることになって良心が痛むが、放っておいても大きな問題は生じないと判断し、このまま素知らぬ振りを通すことにした。目の前で、秋成の言葉で、アヒムが傷つき落胆する様を見るのが忍びなかった。秋成が臆病だったため、真実が明るみに出るのを先延ばしにし、自然解決させようとしてしまったのだ。

「その方は今まで見たこともないくらい綺麗な方で、僕は一緒にお茶を飲んでいる間、雲の上を歩いているようにふわふわした心地でした」

「お顔ははっきり覚えておいでなのですか」

秋成は率直に疑問をぶつけてみる。

「似顔絵を描けと言われたら自信がないのですが、会えば絶対にわかります。そのときは怪盗紳士に扮しておいでしたけれど、雰囲気は忘れていません」

「失礼ですが、私に似ているところがあるのでしたら、女性の可能性はないのですか」

質問しながら秋成自身後ろめたくてならなかった。女性の可能性もなにもないものだ、と自嘲する。こんな欺瞞《ぎまん》に満ちた会話をするくらいなら、やはり潔く言ってしまおうか、という気持ちに駆られた。けれど、いざとなると口が重くなる。

「ないと思います」

秋成も訝《いぶか》しむほどアヒムの返事は確信に満ちていた。

「中性的な美貌の方ではありましたけれど、確かに男性でした。醸し出す雰囲気が女性ではなかった」

ああ、なるほど、と秋成は他人の目を通して見た自分の姿を教えられた心地で聞き、納得させられていた。確かに男装していたときの秋成は、身も心も男だった。秋成の持つ意識の差が男らしさ、女らしさに繋がるというのは、間違っていない気がする。現に、今は気持ちやしぐさのすべてが女性のほうに傾いている。自然とそう振る舞うようにいつのまにかなっていた。

アヒムにしてみれば、妃殿下は女性だという絶対的な先入観があるので、似ているけれど同一人物のはずがないというフィルターをかけて秋成を見、別人だと考え直したのだろう。

「シャティーラにいらっしゃったのも、その方を捜すためですか」

「はい」

アヒムは照れくさそうに瞬きする。

「お名前も、どこの国からいらした方かもお聞きできなかったのですが、アラブの方だとだけわかっていましたので、可能な限り手を尽くして調べました」

「どのようにして調べられたのでしょう」

「春祭りの最中でしたので、きっとその美貌の怪盗紳士を見かけた方、より鮮明に記憶している方はいるだろうと踏んだのです。そこで、その日のうちに片っ端から聞いて回ったところ、連れらしき男性とレストランで食事をしているのを見かけたという人や、衣裳《いしょう》を借りたと思しき貸衣装店を教えてくれた人がいました。あいにく貸衣装店の貸し出し記録は返却時に抹消されていて何もわかりませんでしたが、レストランでの会話をたまたま耳にしたという店員から、確証はないがシャティーラから来られた方ではないかとの情報を得まして」

もう覚えていないが、ドハ少尉とレストランで食事をしたとき、国元の話をした可能性はある。そうか、なるほど、と秋成は納得した。

「シャティーラでその方を捜す手がかりはお持ちなのですか」

「おそらく、ご身分の高い方だと思いますので、ここから先はシャティーラ国内の紳士録を調べさせていただこうかと考えています。あと、人捜し専門の業者に頼もうかと」

「ご滞在中に殿下の意に沿う結果が出ればよいのですが」

秋成はあまりアヒムに期待を持たせすぎない言い回しをするように心がけた。

「ありがとうございます」

アヒムは持ち前の屈託のなさで明るく答える。

秋成は胸をチクッと針で刺された心地になった。

罪のない遊びのつもりの男装だったが、よもやこんなことになるとは、と消沈する。

アヒムが怪盗紳士捜しに夢中になるあまり危険を冒すようなことのないよう、細心の注意を払わなくては、と秋成は己に重々言い聞かせた。

＊

一度話をして以来、アヒムは秋成に対しても極端なしゃちほこばり方はしなくなった。

とはいえ、やはり「同年配の美しすぎる女性相手だと肩に力が入る」そうで、イズディハールに「いっそ殿下の前では男装したらどうだ」と意表を衝く提案をされ、秋成は都合の悪さに「いえ、それは」と冷や汗を掻いた。

「混乱させてしまうと申し訳ありませんので、やめておきます」

やんわり断り、むしろいつもより女性らしい服装をして、男性らしさをいっさい感じさせないようにした。イズディハールも男装云々は元より本気で言ったわけではなく、「そのうち慣れてくださるだろう」と反対しなかった。

その成果もあってか、三日も経つと、アヒムは「なぜ初めて妃殿下のお顔を拝見したとき、捜している男性と似ているなどと失礼なことを思ったのか、我ながらさっぱりわかりません」と本気で首を捻っていた。

人間の記憶や認識は環境や条件次第で簡単にひっくり返ったり、誤認を真実であるかのような塗り替えが行われたりすることがあるのだと実感させられる。

アヒム王子がシャティーラに滞在している間、秋成はほぼつきっきりで接待に勤しむことになっていた。元々この間は振替可能な公務が一つ予定されていただけだったので、難なく調整してもらうことができた。イズディハールだとこうはいかないが、秋成の役割は自由が利くものが多い。言い換えれば、大役は任されないのだ。女性は出しゃばらない風習がまだまだ根付いていて、王妃ですら自らが主体になった活動はほとんどしていない。少しずつ王室に馴染む努力をしている秋成には、今のところこのくらいの公務内容で助かっているのも事実だ。外から入ってきた女性に負担を強いないための気配りでもあるのかもしれない。

アヒム王子から密《ひそ》かに打ち明けられた人捜しに関しては、秋成は極力かかわらない態度を貫いた。それがアヒムの希望でもあったので、人捜しの専門家とどのように連絡を取り合っているのかも聞いていないし、現在どの程度捜索が進んでいるのかも、正直気にはなったが確かめなかった。

代わりに秋成はアヒムと一緒に観光地巡りや博物館訪問、観劇などをした。

アヒムの礼儀作法はヨーロッパの王侯貴族階級仕込みとあって非の打ち所がない。

自邸にアヒムを招いて迎えた三日目の夜は、ウィーンから招致した世界的に有名なオペラ座による『フィガロの結婚』を王立歌劇場で鑑賞することになった。

エリス妃がプライベートで外国の知人と一緒に観劇することは関係者以外には知らされておらず、会場に着いて係の先導を受けて席に着くときにもアナウンスは流されなかったのだが、アヒムの立ち居振る舞いは場の空気を一瞬で圧するほど堂々としており、近くの席から湧《わ》き起こった静かなざわめきは、客席の隅々にまで広がった。

体型にぴったり合わせて仕立てられた燕尾服《えんびふく》を華麗に着こなしたアヒムは、只者でない高貴さを醸し出す。ロングドレスに身を包んだ秋成をスマートにエスコートし、着席するまでの間、衆目の関心を集めていた。どれほど多くの人々から注視されてもアヒムは臆さず、手足を緊張に震わせたり、ぎくしゃくすることはない。強心臓だと感心する。こうした場では女性相手でも平気で役割をこなせるのが興味深い。

失礼を承知で秋成がそのことに触れると、アヒムは一瞬きょとんとして、今の今まで意識していなかったと苦笑した。

「言われてみれば妃殿下の仰るとおりですね。女性をエスコートするのは子供の頃から当然のことだと叩《たた》き込まれてきましたので、体が自然と動きます。相手がどなたであっても感情は差し挟まないのが当たり前になっているようです」

それに、とアヒムは遠慮がちに言葉を足す。

「妃殿下に毎日いろいろな場所へお連れいただくおかげで、僕もだいぶ緊張が取れ、妃殿下と自然に接することができるようになりました。ありがとうございます」

「元はといえば私が殿下を不必要に緊張させてしまっていたわけですから」

慣れていただけてよかったです、と秋成はにっこり微笑む。

アヒムは秋成に笑いかけられると、ドギマギした様子で目を逸らした。前ほど落ち着きを失うことはなくなったものの、やはりまだ完全に平気ではなさそうだ。女性が苦手というより、秋成のようなタイプの女性が不得手なのかもしれない。こういう方もおいでなのだなと秋成は心に留めておくことにした。

幕間にホワイエでコーヒーを飲みつつ休憩していたとき、アヒムのスマートフォンにメールの着信があった。

メールを読んだアヒムは期待に満ちた顔になり、ちょっと失礼して電話を一本かけてきます、と秋成に断りを入れ、通話しても迷惑のかからない場所へ移動した。

何かよい知らせが来たのだろう。アヒムの晴れやかな表情を見て秋成はそう思った。

五分ほどして戻ってきたアヒムは、明らかに浮かれていた。

「朗報です」

秋成が聞くより先にアヒムが弾んだ声で教えてくれる。

「捜していた方と会えそうです。人捜し専門の業者の方から連絡がありました」

「えっ。それは確かに殿下が捜しておられる方に間違いないのですか」

秋成は耳を疑い、そんなはずはないと唖然《あぜん》となった。

「間違いないようです。先方とも確認が取れていて、確かに僕がエンデで祭りに参加した日、件のカフェでファントムに扮した僕と三十分ほど話をしたと仰っているそうで」

「いえ、でも、あの……、ちょっと待ってください」

カフェでの一件は、そもそもアヒムがそういう状況だったと告げて該当する人物を捜すときの手掛かりにした話を、単になぞっただけだろう。冷静になれば考えつきそうなものだが、アヒムはすっかり舞い上がっていて、真偽の見境がつかなくなっている様子だ。

怪盗紳士にもう一度会いたい、そのためにシャティーラまで来たアヒムにとって、人捜し専門業者からの吉報は待ちに待ったものに違いない。嬉しさで頭がいっぱいになるのも無理はないが、ここは一つ冷静になってほしかった。

「その業者は信用できるのですか」

「できると思いますよ」

ろくに根拠もなさそうなのに、アヒムは楽観的すぎではという返事をする。

今秋成が何を言っても、この調子で聞き流されてしまいそうだ。

このままではまずい。アヒムが騙されかけていることは秋成が一番よく知っている。秋成はそんな怪しげな業者からの接触などいっさい受けていないし、身辺を探られた形跡もない。あれば側近から報告があったはずだ。どういう伝手《つて》でアヒムがその業者に渡りをつけたのかは知らないが、信頼の置ける相手でないことは確かだ。

どのような話になっているのか摑むため、秋成は突っ込んで訊《たず》ねた。

「いつお会いになるのですか」

「明日の夜、八時に待ち合わせ場所に行くことになりました」

秋成には初めから今回の目的を打ち明けていたせいか、隠す気などなさそうに話す。ただし、イズディハールには内緒にしておきたいようだ。

「ですが、どうかイズディハール殿下にはご内密に願います。殿下に知られるのはさすがに気恥ずかしいのです。そんなことのためにシャティーラを訪れたのかと軽蔑されかねません」

イズディハールとは似た立場にあるため、知られたら耳に痛いことを意見されるのではないかと慮《おもんぱか》っているようだ。今はそういうふうに水を差されたくないのだろう。

「会って話をしたらすぐ戻ります。ご迷惑はおかけしませんので、ご協力ください、妃殿下」

真摯な顔で懇願され、秋成は困ったことになったと当惑しながら、とりあえず「わかりました」と承諾した。

イズディハールには知らせないと約束したものの、アヒムを放ってはおけない。

よからぬ事に巻き込まれている可能性は大だ。

こうなった責任は秋成にある。

なんとしてもアヒムを守り、無事に帰国させるのが己に課せられた使命であり義務だ。

秋成は唇を強く一噛みし、どうしたらいいか思案した。

今さらここで、実はそれは私です、と告げたところでアヒムは「なんの冗談ですか」と取り合ってくれない気がする。百歩譲って秋成の言葉に耳を傾けてくれたとしても、きっと半信半疑のままだろう。業者の言うことを無視できるかどうか、疑問だ。へたをすれば秋成の目をかいくぐり、己を納得させるためにその業者と一度会って確かめようとするかもしれない。そうなるのが一番厄介で心配だ。

ここはいったんアヒムの好きにさせたほうがいいのではないか。

要人警護には僭越《せんえつ》ながら自信がある。厳しい訓練を経て実際にその任務に就いていた。今でもシロウトよりは腕が立つはずだ。現況はそれが最善だと判断した。

「先方は殿下のご身分をご存知なのですか」

秋成は念のため確かめた。

「いいえ、知られてないです。その業者は学生時代の友人の従兄《いとこ》に紹介してもらったのですが、くれぐれも私の名は出さないよう、友人にきつく釘を刺しました。従兄にも依頼人である僕の素性は話していないそうです」

その言い方だと、アヒムは友人の従兄とは面識がなく、どんな人物なのかよく知りもしないようだ。詰めが甘い。なるほど、アヒムの父親である大公が、ときどき軽率だとアヒムを窘めるというのも無理からぬ話だ。

「待ち合わせ場所はどこになったのですか。お一人で大丈夫ですか」

「イースト駅の南側に再開発中の地区があるそうですね。そこですでに営業している巨大娯楽施設内の『BEAT《ビート》』というクラブで、と」

地図で見て場所はだいたいわかると言う。

「特に危険な場所ではないのでしょう？　注意喚起もされていないようですし」

「そう……ですね」

まだ開業して一年にもならない新しい施設だ。秋成自身は足を踏み入れたことはないが、若者に人気のトレンディ・スポットだと認識している。治安が悪いとか、何か騒動が起きたという話は今のところ聞かない。飲食店や遊戯施設がひしめく、トゥラ通りを中心とする昔からの繁華街のほうが、よほど問題は多そうだ。

「だったら一人で大丈夫ですよ。僕は男ですから。それに、この一件は極力人に知られたくないのです」

アヒムはあくまでも秘密裏に行動したいようだった。

「わかりました」

秋成は表向きは引き下がる。

「くれぐれもお気をつけください」

「ええ。いざとなったら警察に駆け込みますよ」

アヒムは半ば冗談っぽく言って胸を張る。

露ほども業者の言葉を疑っていないのが伝わってきて、秋成は引き攣《つ》った微笑みを返した。

どのみち秋成自身が後を尾《つ》けさせてもらうつもりでいるので、それ以上しつこく食い下がる必要はなかった。

「そろそろ次の幕が始まりますね」

腕時計を見てアヒムが言う。

「そろそろ席に戻りましょうか、妃殿下」

アヒムは上機嫌だ。

秋成をエスコートするべく、肘を曲げて腰に手を当てる。アヒムの腕に、秋成は自分の腕を絡ませた。

席へと向かう二人を見て、周囲からほうっと感嘆の溜息が聞こえる。

ご一緒の殿方はどなたかしら、外国の高貴な御方のようよ、などと言った囁きが秋成の耳にも届く。

一緒にいるのがイズディハールだったなら、ざわめきや昂奮はこの程度ではすまなかっただろう。それほどイズディハールは国民に慕われ、敬愛されている。秋成にはもったいないほど立派な夫だ。秋成の思考はついイズディハールへと向かう。

イズディハールのことをごく自然に夫と呼べるようになった自分の変化に、少し前までは戸惑っていたが、最近はそれもなくなった。

今夜は秋成たちより先に帰宅して、二人の帰りを待ってくれているだろう。

毎日顔を合わせているにもかかわらず、秋成はじわじわとイズディハールが恋しくなってきて、次の幕の間ずっと上の空だった。

隣で終始口元を綻ばせっぱなしだったアヒムも、おそらくフィガロが結婚する話はそっちのけで明晩のことを考えていたに違いない。

3

外国から預かっている賓客の身辺にかかわることを、秋成《あきなり》だけで全責任を負おうとするのはリスクが高すぎる。秋成はそこまで己の力を過信していなかったし、一人ではどうしても目が行き届かない部分は出てくる。

イズディハールには言わないとアヒムに約束したし、それでなくても公務で多忙なイズディハールに負担をかけたくない気持ちはあったので、秋成は最初から事情に通じているドハ少尉にすべて打ち明け、協力を仰いだ。

「薄々、アヒム殿下はあの時妃殿下がお話しされていた仮装の紳士ではないかと思っておりました。やはり、ご本人でしたか」

仮装したアヒムと直接間近で顔を合わせていないドハ少尉は、体つきと雰囲気だけからなんとなくそんな気がしていたと言う。顔も仮面で半分隠れていたのに、よく気づいたものだと秋成は感心した。

「また男装したいのです、ドハ少尉」

誰にもバレないように完璧に、と相談すると、ドハ少尉は一瞬も躊躇《ためら》わず「畏まりました。

お任せください」と請け合い、オペラから夜遅く帰宅した次の日の午後には、変装用のウイッグと、秋成の体に合わせた男性もののライダースーツ一式を用意してくれた。

「妃殿下とアヒム殿下の御身辺は、私と部下一名とで遠巻きに警護させていただきます」

これでアヒムには二重に護衛がつくことになった。秋成も大船に乗った気持ちで責務を果たせそうだ。よけいなことはいっさい聞かず、秋成の意を汲んで俊敏に動いてくれるドハ少尉に、秋成は心の底から感謝した。

アヒムが、目的の紳士との再会を仲介してくれる人物と落ち合うために屋敷を出る際、秋成は迎えのタクシーがアヒムを乗せて出発するのを玄関先で見送った。

幸いと言っていいかどうかわからないが、イズディハールは今夜も不在だ。

アヒムの見送りがすむと、秋成は急いでライダースーツに着替え、長めに伸ばした淡い栗色の髪をネットで纏め、黒髪の精巧なウイッグを被った。

髪の色と髪型を変えただけで、鏡に映る顔はエリス妃とは別人に見え、我ながら新鮮だ。これなら街中で誰と会っても正体を見破られる心配はないだろう。最近はずっと化粧をしているので、普段素顔を晒《さら》す機会もそうそうない。秋成が素顔を見せるのはイズディハールと寝るときくらいだ。怪盗紳士に扮《ふん》したときに化粧を取ったのが、久しぶりだった。

軍人でなくなってからは車の運転すら自分ではしなくなったが、秋成はいちおう馬にもバイクにも乗れる。自分で言うのはなんだが、どちらもかなりの腕前だ。近衛兵として職務上必須とされていて、乗りこなせるようになるまで努力し、技術を取得した。

「我々もすぐに現場に向かいます。妃殿下は本当にバイクで大丈夫であらせられますか」

「私のことは心配いりません。バイクのほうがアヒム殿下より早く現着できます」

「はっ。それでは、くれぐれもお気をつけて」

秋成が結婚前は軍人だったのは周知の事実だ。ドハ少尉も過剰な心配はせず、秋成を陰ながら護る役目を逸脱するつもりはないらしく、助かった。

郊外は順調だった車の流れも、街中に入った途端、慢性的な渋滞に見舞われた。

再開発地区はこの先にあるため、どうしてもここを通らなければいけない。

秋成はノロノロ運転でべったりとジャムのように道路に張りついた車列の脇をバイクで走り抜け、途中、アヒムを乗せたタクシーを追い越したことも確認した。出発時の十分の遅れを取り戻すのは予想通り簡単だった。

店の駐車場にバイクを駐《と》め、フルフェイスのヘルメットを外す。

夜でも温むようになった風が首筋を撫《な》でて吹き抜ける。普段は髪で隠れていることが多い項《うなじ》に風が当たり、違和感を覚える。自前の髪をここまで短く切ったことはなく、少々心許なさを感じた。

もう間もなくアヒムがここに着くだろう。

ぐずぐずしている暇はない。

気を取り直し、秋成はライダースーツ姿のまま施設内に入った。

カフェバーやプールバー、ゲームセンター等、様々な遊技場が入った複合施設だ。

中でもダンスフロアを有するクラブ『ＢＥＡＴ《ビート》』は敷地面積最大の中心的店舗だった。

近くまで行くと、扉の向こうでリズミカルな音楽が鳴り響いているのが洩《も》れ聞こえる。たまたま内側から扉が開けられて、カップルと思しき派手な服装の男女が出てきた。

その途端、耳を塞ぎたくなるような騒々しい音楽に襲われ、思わず顰《しか》めっ面になる。盛大な音量でチャカチャカと鳴る音は、慣れない者の耳にはかなり暴力的だ。秋成はクラシック演奏にかかわっていた両親の影響でもっぱらその手合いの音楽ばかり聴いて育ったので、ロックやポップスなどに馴染みが薄かった。

入場料を払って店内に入る。

ズンズンと下腹に響く音楽がかかる中、警備をする目線で店内を一巡する。

フロアの間取り図は前もって頭に入れているが、出入り口の位置を実際に目で見て確認し、どこにどんな客がいるかを把握しておく。店内中央にダンススペースがあり、周囲にテーブル席が設けられている。左手奥にはバー。つるつるに磨き上げてぬめるような光沢を出した木製のカウンターが目につく。壁際の奥まった位置に並ぶのはボックス席だ。それとはべつに二階にガラス張りの特別室があり、フロアを見下ろしながら歓談できるようになっていた。

週末の夜とあって客入りは上々のようだった。

この店は国の許可を取って酒類の提供が認可された、今一番流行のスポットだ。海外から訪れた観光客も多く足を運ぶ。金と利権が動くところにはよからぬことを企む連中も集まる。どんな人間が紛れているかわからなかった。

秋成はフロアマネージャーに高額のチップを渡し、バーカウンターがよく見えて、自分自身は目立たないテーブルに案内させた。あらかじめその席をリクエストしておいたので、スムーズに座れた。

十数人掛けのバーカウンターには男女のカップルが二組と、一人客と思しき女性が二人いる。女性はどちらも人待ちしている様子で、人の出入りを気にしている。

おそらく二人のうちのどちらかがアヒムと約束している相手だろう。待ち合わせ相手は人捜しの依頼を引き受けた男性ではなく、怪盗紳士と知り合いの女性だと言われたそうだ。どんな詐欺師がそんな嘘をついてアヒムを呼び出したのか、秋成も顔を見ておきたかった。逮捕にも協力できれば幸いだ。

カウンターで人待ちしている女性二人は絵に描いたように対照的だ。一人は目が覚めるような綺麗《きれい》なブルーのスーツに身を包んだ才女ふう。もう一人は肌の露出の多い派手な形をしたセックスアピールの強い女性。秋成にはどちらがそうなのか判断がつかなかった。タイプは違えども、二人ともなかなかの美人だ。ざっと見たところ近くに仲間らしき人物の姿は認められない。しかし、油断は禁物だ。

そうこうするうちに、ノーネクタイでスーツを粋に着こなしたアヒムがきょろきょろと店内を見回しながら現れた。

秋成はアヒムとうっかり目を合わさないよう、伏し目がちになる。それでも目の端でカウンターの様子が窺《うかが》える位置だった。

男好きするのは肉感的な女性のほうかと思ったが、アヒムに向かって手を挙げたのはブルーのスーツを着たキャリアふうの女性だった。こちらも華やかな巻き髪に、腰のラインがくっきりと出る超タイトなミニスカートで、色香を振りまくことにおいても余念がない。秋成は完全に男性目線で二人の女性を見定めていた。どうやら男装をすると自然と思考も男寄りになるようだ。自分のことながら、新たな発見をした気持ちだった。

女性が苦手でたぶんゲイだと自認するアヒムは、傍で見ていて痛快なくらいきれいに女性の魅力を無視し、さっそく本題に入ったようだ。

周囲が騒がしすぎて話の内容までは聞き取れないし、背中を向けられているため唇を読むこともできなかったが、アヒムがときどき西欧人らしい大仰なボディランゲージをするので、喜んでいるらしい、何かにがっかりさせられたらしい、といった程度のことは推し量れた。

察するに、怪盗紳士もまたアヒムに会いたがっているが、今夜は都合が悪くてここには来られなくなった、連絡先を教えてくれたら相手に伝える、とでも言われたのだろう。

アヒムがバーテンダーからペンを借りるのを見て、秋成はそう考えた。

注意深く女性の様子を窺っていた秋成は、女性が椅子の脇に置いた小振りのバッグをそっと開けて、何か手に隠し持って取り出すのを見逃さなかった。

ナイフなどの凶器ではなさそうだが、小さすぎて何かまでは見極められない。

こんな人の多い場所で危害を加えるとも思えず、しばらく様子見することにした。

アヒムはペンを手に、何に書けばいいだろう、という素振りをしている。

女性がアヒムの手元にあったカクテル入りのタンブラーを持ち上げ、コースターを長い爪が目立つ指で示す。

ああ、とアヒムが頷《うなず》き、紙製のコースターをひっくり返し、裏の白地の部分にペンを走らせだした。考え考えしながら書き連ねている。女性の様子にはまるで関知していなそうだった。

ふと気がつくと、いつのまにか女性は手に何も持っていなかった。

手品のように素早くどこかへやってしまったようだ。

考えられるのは、先ほどアヒムのグラスを、縁を指で上から摑《つか》むようにして持ち上げた際に、薬か何かを投入したのではないか、ということだ。そうすることは十分可能だった。

女性の目的がはっきりしないため、アヒムをどうするのか予測がつかないところが悩ましい。

どうやらアヒムの身分を知った上での大掛かりな誘拐や脅迫などではなさそうで、案外ちゃちな金銭目当てのような気もする。大枚を叩《たた》いて外国で男一人捜そうとするなど、金持ちの道楽息子に違いない、騙《だま》して金だけ奪い取ってやれと狙いを定められたのではないか。少なくとも国際的規模の陰謀めいた匂いはしない。それならそれに越したことはなかった。何事も起きなければ、それが最善だ。

女性はアヒムから受け取ったコースターをバッグにしまい、背筋を伸ばしてあらたまった態度で乾杯、とグラスを持ち上げた。

アヒムも応えてグラスを彼女のそれとカチリと合わせ、喉の渇きを癒すようにごくごくと呷《あお》る。話が一段落して緊張が解け、ホッとした様子が伝わってくる。

それからさらに十五分ほど二人は他愛ない会話をしているように見えた。

このままキリのいいところで別れ、次回また会ったときに何か仕掛けるつもりか。だが、アヒムは一週間ほど休暇を取ってシャティーラに訪れている身だ。本人もそれは最初に告げているはずだった。秋成が首を傾げだした頃、不意にアヒムがぐらっと上体を大きく揺らした。

はっとして立ち上がりかけた秋成を、いつのまにか斜め後ろのテーブル席に着いていたドハ少尉が「お待ちください」と秋成にだけ聞こえる声で止める。

「少尉」

秋成は振り返らずに首だけ縦に振り、わかったと示した。

もうしばらく様子を窺《うかが》うことにする。

どうやらアヒムは睡眠薬を飲まされたらしい。

グラグラと不安定に頭や体を動かしていたが、やがて傍らの女性に背中を撫《な》で擦られ、カウンターに突っ伏す。

バーテンダーはチラリとアヒムに視線を向けたが、酔って寝る客を見慣れているのか、肩を竦《すく》めただけで反対端に行ってしまった。そちらに新しく座った客のオーダーを取るようだ。

女性が怪しい動きを見せだしたのは、バーテンダーが移動して周りに誰もいなくなった直後だった。

アヒムを介抱する振りをして、上着のポケットを探りだす。

「慣れた手つきですね」

少尉も女性を注視していたようだ。

秋成は少尉の言葉に頷いた。

「掏摸《すり》でしょうか、彼女は。見たところ他に仲間もいないようですし、ここは私が」

「あっ、殿下……！」

男装している秋成に配慮して咄嗟《とっさ》に殿下と呼びかけたドハ少尉の臨機応変さに口元を緩めつつ、秋成は席を立ち、大股でアヒムと女性の許へ行く。

「失礼。彼は今夜ここで会う約束をしていた私の友人ですが、あなたは？」

秋成がいきなり声をかけると、ブルーのスーツを着た女性はビクッと大きく肩を揺らし、椅子から腰を浮かして飛び上がるほど驚いた。

手には明らかに男物だとわかる黒革の長財布を持っており、開いて、中に差されたカードを抜き出そうとしているところだった。特徴的な色とデザインの、本物のセレブしか持てないという特別待遇のクレジットカードだ。イズディハールが同じものを持っているので、秋成には一目でわかった。

「う、嘘よ。あなた誰?」

女性は慌ててカードを戻すと、財布をカウンターに投げ捨てるように手から離した。

「嘘ではありません。あなたこそ、眠った彼の財布を勝手に手にして、何をしているんですか」

秋成は毅然《きぜん》とした厳しい口調で女性を糾弾《きゅうだん》した。

分が悪いと悟ったのか、女性はチッと忌々《いまいま》しげに舌打ちすると、バッグを掴んで勢いよくスツールから下りた。

「なんでもないわっ!　この人が酔って倒れ込んだ拍子に財布がポケットから落ちたのよ。あたしはそれを拾っただけ。変な誤解しないでっ!」

癇癪《かんしゃく》を起こしたように激しい口調で一気に言って、ピンヒールの音を荒々しく立てながら逃げるように去っていく。

秋成は追いかけなかった。

ドハ少尉に目配せし、後を尾けさせる。

少尉はすぐに女性を追っていった。

「アヒム殿下」

秋成はアヒムの肩に手をかけ、優しく揺さぶり、耳元で名を呼んだ。

ううん……っ、とアヒムが睫毛《まつげ》を揺らして、重たそうに瞼《まぶた》を持ち上げる。

「……ああ。……えっと……ここは、どこでしたっけ……」

眠気が頭の回転を鈍らせているのか、アヒムは呂律《ろれつ》の回らない覚束なげな口調で言って、すぐにまた目を閉じる。

仕方がないので、秋成はアヒムの意識がもう少しはっきりするまで隣で待つことにした。

先ほどまで女性が座っていたスツールに腰掛け、バーテンダーに水をもらう。

話しかければ声はかろうじて届くようで、水を飲むように言うと、顔を上げてグラス半分ほど飲んだ。

「こんなところで寝てはだめです」

「うん。わかってる」

わかっていると言いながら、また突っ伏してしまう。

秋成はアヒムのスーツのポケットに長財布を戻し、今度は背中を大きく揺さぶった。

「だめですよ。起きて」

叱咤《しった》するような声を出すと、アヒムはようやくガバッと顔を上げ、上体を起こした。

父親か兄にでも怒られたのだと勘違いして狼狽《うろた》えたのかもしれない。ちょっと言うとそんな感じの反応のし方だった。

　眠そうだったアヒムの目が、秋成を見た途端、サッと色を変える。

　一気に目が覚めて正気を取り戻したような激変ぶりだった。

「あなたは……、あの時の！」

　一瞬秋成は何を言われているのかわからなかった。男装したのは妃殿下だとバレたらまずいからで、アヒムのためではまったくなかった。

「夢のようです。本当に会えた。来てくださったんですね……！」

　アヒムの声は感激に震えていた。

　本気で怪盗紳士に会いたかったようだ。

「えっ、いえ、あの」

　秋成は目眩《めまい》がするのを感じ、しどろもどろになる。

　一難去ってまた一難――脳裡《のうり》を掠《かす》めたのはその言葉だった。

＊

「あの時とは髪の色が違っていらっしゃるけれど、すぐわかりました」

　アヒムにしげしげと見つめて言われ、秋成はどう答えたらいいのか迷い、途方に暮れた。思い込みとは実際あるものだなと、身をもって実感させられた心地だ。

妃殿下として向き合っているときには、秋成があの怪盗紳士と似ているとは思っても、よもや本人だとは考えもしないようなのに、男装した途端、髪の色が違っていてもあっさりと見破るのが不思議でならない。

おそらく、さっき逃げた怪しげな女性に今夜ここで会えると吹き込まれ、期待して来たから秋成が一目でそうだとわかったのだろうが、妃殿下としての自分がここにいることをアヒムに知られたくない一心で男装しただけの秋成としては、誤算もいいところだ。

本当に私が何者かわからないのですか、からかっていらっしゃるのではありませんか、そう聞いて確かめたくなる。アヒムがそんなことをして面白がる人間ではなく、殊に怪盗紳士に関しては至極真面目だと承知しているので秋成も本気で疑っているわけではないが、それにしてもこんなことがあるのかと納得しきれずにいた。

とはいえ、今この場ですべてを打ち明けるのは、事態が複雑になりすぎていてどこからどう話せばいいのか迷われ、秋成自身混乱しそうだった。騒々しい音楽が耳障りで落ち着けず、思考が妨げられがちなこともあり、そんな込み入った話ができる状況でもなかった。

アヒムは怪盗紳士に会えたと信じていささか興奮気味だった。

「もう一度お目にかかりたくて、ずっとお捜ししていました。お名前も存じ上げず、アラブの方だということだけを頼りに、我ながらよく辿《たど》り着けたと思います」

「捜していただいたのは本当に光栄なのですが、よく知らない人を簡単に信じてしまうのは危ないですよ」

それだけは言っておかずにはいられなくて、秋成はアヒムの無鉄砲さをやんわり窘《たしな》めた。

「ですが、あの女性があなたをここに呼んでくださったのでしょう？　あれ、そういえば彼女はどこに行ったんだろう」

今気がついたとばかりにアヒムは周囲を見回し、首を傾げる。

秋成はふっと溜息をついた。

やはり、今ここで話してもアヒムが簡単に納得するとは思えない。もっと話がしやすいところで、腰を据えて一から説明したほうがよさそうだ。

この場はとにかくアヒムを屋敷に帰らせるよう説得するのが先決だった。

「違います。私は別口からあなたが私を捜していることを知りました。あなたが私と今夜ここで会うような話になっていると知り、驚いて様子を見に来ただけです。ブルーのスーツを着ていた女性とは何の繋《つな》がりもありません」

「えっ！」

アヒムはまったく疑っていなかった様子で、そんな、と目を瞠《みは》る。

「何がどうなっているのか、僕にはさっぱりわからないのですが」

そう言うのももっともだろう。

「先ほどの女性、キャシーと名乗ったのですが、彼女は、あなたは今夜急用ができてここには来られなくなった、と言いました。来週ならあらためて時間を作れそうだとのことだったのですが、僕は火曜日には帰国の途に就かなくてはいけません。うまく時間を合わせられるかどうかわからないとがっかりしていたら、メッセージを届けてあげると言われたので、勧められるままコースターに書いたんです」

「その様子、遠目に見ていました。彼女、あなたのグラスを持ち上げたとき、隠し持っていた薬を入れたようですよ。だから急に眠気が差したんでしょう」

「全然気がつきませんでした……！　確かに突然眠くなりました。今までこんなことなかったので、どうしたんだろうと」

一服盛られたと聞いてもどこかのんびりしていて、おやおやといった感じの反応なのが秋成にはちょっと信じがたかった。これが平和な小国に第二王子として生まれ育ったがゆえの鷹揚《おうよう》さや品位の表れだと言われれば、さもありなんと思うしかない。

「彼女はアラブ人ではなさそうでしたね」

気を取り直して秋成は話を進めた。

「ええ。アメリカ人だと言っていました。あなたのことを、本名は知らないけれどジアという通称で呼んでいると」

「あいにく、初耳です」

秋成が一刀両断すると、アヒムは「そうなんですね」と肩を落とした。

しかし、すぐに気を取り直した様子で、曇らせていた表情を晴らす。

「さっきの女性が信用できないことは理解しました。あなたには大変ご迷惑をおかけしてしまったようで申し訳ない限りですが、それでもこうして願いが叶い、またお会いできてとても嬉《うれ》しいです。今度こそお名前をお教えいただけないでしょうか」

おおらかというのか懲りないというのか、アヒムの立ち直りの早さに秋成は苦笑してしまう。外見的には落ち着いた雰囲気の紳士然としているが、中身は一途で情熱的な若い男だ。そのギャップに意外性があり、年下であることも相俟《あいま》って可愛いとも思った。

「私のことは、ジアと呼んでくださって結構ですよ」

「それはまったく関係ない呼称なのでしょう？」

アヒムは納得できなそうに眉を顰《しか》める。

ちょっと失礼すぎるかと思わないでもなかったが、この際、こちらの都合を優先させてもらうことにした。どのみちアヒムの意に沿うような付き合いはできないし、まだ正体を明かすかどうか迷っているので本名を言うのは躊躇われる。見ず知らずの女性が勝手に作った呼び名を使わせてもらうのは、嘘をつく必要もなく、精神的に楽だった。

「申し訳ありませんが、私にも事情がありますのでどうかご容赦いただきたいのです」

丁重に頭を下げて言うと、アヒムも慌てて「ああ、そうですよね。わかりました」と承知する。アヒムの素直で人がいいところに秋成は助けられていた。

「すみません、あなたの立場も考えずに無理を言って。僕が厚かましかったですね。僕のことはエリクと呼んでください。セカンドネームです」

「承知しました」

ありがとうございます、と秋成はアヒムの柔軟な対応に感謝した。

身分のわりにアヒムは全然偉ぶったところがなくて、本当に感じがいい。人間ができておれるのだなと秋成は率直に感心した。こんな真っ直ぐな人を図らずも騙すことになっている現況に、いっそう胸が痛んでくる。どうすればアヒムを傷つけずに想いを絶ち切ってもらうことができるだろうかと頭を悩ませた。

「私のこと、ずいぶん捜してくださったのですね」

自分なんかのためにと恐縮するのと同時に、ありがたいことだともったいなく思う気持ちもあり、秋成は少し張り気味だった声音を和らげた。

「カフェでご一緒したとき、あと五分早く勇気を奮い起こして、もう少しじっくりお話ししたい、あらためて会っていただけないかと言い出せていたら……と、とても後悔しました。時間が経つにつれ、どうしてもまたお会いせずにはいられなくなってきて、何かに取り憑《つ》かれたように必死になっていました」

アヒムは面目なさそうに顔をじわっと赤らめる。

挙げ句の果てに怪しげな話に引っかかり、のこのこと騙されに来た己の浅慮を腑甲斐《ふがい》なく思っているらしい。

「お恥ずかしい話、僕はまだこの状況をよく把握できていないようなのですが」

女性の言葉が嘘で、眠らされて何かされようとしていたことはわかったが、それならなぜ会いたかった人に会えたのか。アヒムが当惑するのも無理からぬことだ。秋成自身予定外で、怪盗紳士としてアヒムの前に立つつもりは毛頭なかった。だが、男装した姿を一目で見破られてはごまかしようもない。事態をよけい複雑にしてしまったと後悔しても後の祭りだった。

「とりあえず、ここでは落ち着いて話ができませんので、どこかもっと静かな場所に移りましょう。私を信じてご一緒いただけますか」

この際、怪盗紳士としてあらためてアヒムと誠実に向き合い、たとえば交際してほしいとアヒムが望んでいるのだとすれば、それはできないときちんと断る機会ができたのだと考えるべきだろう。

「もちろんです。お供します」

今し方よく知らない女性に痛い目に遭わされかけたのだから、秋成に対してももっと警戒するかと思ったが、アヒムはどうしても秋成とこのまま別れる気にならないようだ。

熱い想いを肌で感じて、秋成は胸にきた。

慕ってもらって悪い気はしない。アヒムの想いには応えられないが、わざわざこんな遠くまで捜しに来てくれた気持ちは真摯に受けとめようと思った。

アヒムを連れて店を出る。

「ひょっとして、バイクですか」

秋成の格好を興味津々《しんしん》の目つきで見て、アヒムは声に感嘆の響きを含ませる。

「ええ」

秋成はさらっと短く返事をし、これからどこへ行けばいいだろうかと思案した。シャティーラに来て一年あまり経つが、秋成は私用で街に出たことがほとんどなく、こういう場合にアヒムをどこへ案内すればいいのかさっぱり浮かばない。

バイクはここに置いていって、移動にはタクシーを使うつもりだった。

エントランスホールにやたらと客が屯《たむろ》しているので、どうしたのかと思ったら、少し前から雨が降りだしたようで、傘を持たない人たちが雨足が弱まるのを待っている様子だった。

ロータリーの一角に設けられたタクシー乗り場を見ると待機列ができている。車溜まりに空車はおらず、タクシーに乗るのは時間がかかりそうだ。

「ジアさん」

アヒムが秋成に声をかけてくる。

一瞬秋成はそれが自分に対する呼びかけだと認識できず、反応が一拍遅れた。慣れないことはするものではないと己の不器用さに苦笑する。

「降りだしたんですね」

「予報ではもっと遅い時間から崩れそうなことを言っていたのですが。間が悪かったですね」

ビル内にレストランや喫茶店は何店舗か入っていたが、この分ではどこも一杯だろう。

「僕は時間はあります。お世話になっている先に連絡を入れれば大丈夫です」

アヒムは秋成と一緒にいられさえすれば、それ以外のことはたいして問題ではないようだ。

雨でも足がなくても苛《いら》つかずにいてくれるのはありがたい。

秋成はタクシー会社に配車を頼むことにした。

「すみません、ちょっと電話をかけてきます」

スマートフォンを手に人気《ひとけ》の少ない方へ行く。

ビルの一角にはこの複合娯楽施設を管理運営する企業のオフィスがある。夜八時を過ぎた今の時間は非常灯以外の明かりは落とされており、一般客は立ち入れないようにゲートが設けられている。ＩＣカードを認証させなければオフィスの出入り口のあるフロアには行けないシステムだ。警備員の姿はなく、エントランスホールとは打って変わって静かだった。

手持ち無沙汰《ぶさた》だったのかアヒムも後からついてきたが、秋成がスマートフォンを操作し始めると、遠慮する態度ですっと離れ、廊下の奥にあるガラス製の一枚扉を開けて表に出ていった。

車寄せのあるロータリーの隅にある出入り口で、すぐ先は地下駐車場への進入路になっているはずだ。

急な雨で配車依頼が立て込んでいるのか、電話はなかなか繋《つな》がらなかった。

何度かかけ直しつつ、表に目を配り、アヒムが特に目的もなく屋根の下をぶらぶらと歩いたり、立ち止まって雨でも眺めている様子なのを確かめる。

端から見るアヒムは初めて会ったときに受けた印象そのままで、均整の取れた体つきに遊び心のあるスーツをさっと着こなしていて、とても見栄えがする。常に背筋が伸びていて姿勢がよく、品のよさが全身に醸し出ており、立っているだけで人目を引く。一般人とは一線を画した感がある。さすがにこんな場所に他国の王子がいると気づく者はいないかもしれないが、上流階級に属する紳士に違いないと考える人は多そうだ。

あの女性がどういう目的でアヒムに近づいたのか、アヒムのことをどこまで知っているのか気になる。ドハ少尉に後を尾けさせたが、その後どうなっただろう。そろそろ何か連絡があってもいい頃だ。何度かリダイヤルしながら、秋成はそんなことをつらつらと考えていた。

ようやくタクシー会社と電話が繋がった。

案の定依頼が混み合っているそうだが、運よく近くで客を降ろす車がいるので、十分ほど待てばいいと言われた。秋成たちが今いるロータリーの端に着けてもらうように頼む。

通話を終えて外に視線をやった秋成は、先ほどまでそのへんにいたはずのアヒムがいなくなっていることに気づき、慌てて扉を開けて外に出た。

人の出入りが頻繁な正面玄関付近は明かりが煌々《こうこう》と照っているが、終業後のオフィスエリア一帯は暗い。建物の陰などに無防備に行くのは躊躇われる。

見渡す範囲にアヒムの姿はない。ほんの少し目を離した隙に見失うとは思わなかった。隠れんぼして面白がるほど子供じみてはいないと信じたいが、好奇心旺盛で行動的な方のようだから、気になることがあればそちらへ行ってみることは大いにありそうだ。

雨が結構降っているので、屋根のない所へは行ってないだろう。

地下駐車場へ下りる車両用スロープの手前で、秋成はアヒムを見つけた。スロープの脇の暗がりを中腰で覗《のぞ》き込んでいる。

「エリク。ここでしたか」

秋成が声をかけると、アヒムは腰を伸ばして振り返り、「あっ」と我に返った様子で申し訳なさそうな顔をする。

「すみません。白猫を見かけたので追いかけてきてしまいました。逃げられましたが」

「奥に行ってしまったのですか」

「ええ。野良猫のようで、全然近づかせてくれませんでした」

アヒムは残念そうに言う。

どこに行ったのかと僅《わず》かの間でも心配させられた秋成としては、アヒムが無事でまずホッとする。本人にＶＩＰの自覚が足りないのが困りものだが、面と向かってそうも言えず、「そうでしたか」とだけ相槌《あいづち》を打った。

「あと五分ほどでタクシーが来ますので……」

秋成はそこまで言ったところで、突如、地下駐車場へと続くスロープを上がってきた男二人に気がつき、言葉を途切れさせた。

派手な柄のパーカを着た目つきの悪い男と、黒い開襟シャツの上にジャケットを羽織った男の二人連れだ。いずれも並以上の体格をしているが、ジャケットを着て居丈高な雰囲気を漂わせているほうは特に、横幅もあって威圧感たっぷりだった。

二人は真っ直ぐこちらに向かって歩み寄ってくる。明らかに因縁でもつけに来た感じだ。

ハッとして周囲を見回したが、ドハ少尉が伴っていたはずの部下らしき人物が近くにいる様子はない。事情はわからないが助けは期待できなそうだ。

咄嗟に秋成はアヒムを背後に庇《かば》う態勢を取った。

「ジアさん」

アヒムが驚いた様子で秋成の肩に手をかけ、秋成を押しのけて自分が前に出る。アヒムにしてみれば、自分より細くて力のなさそうな秋成に守られるなどあり得ない話で、ここは自分が守るのが当然の場面だと思ったのだろう。

「下がっていてください」

「いえ、あなたこそ！」

押し問答しているうちに、いかにも腕っ節の強そうな二人組が目の前に立ち塞がった。

「なんだ、きみたちは」

アヒムが毅然とした態度で二人と対峙《たいじ》する。

気が気でないが、アヒムが腕を横に伸ばして秋成を制し、後ろに下がらせたままでいさせようとするので出るに出られない。もちろん、本気になればいくらでも前に出られるのだが、アヒムの面目を潰してはと思うと躊躇う。しばらく様子を見ることにした。

「金、出しな」

パーカを着た男が顎をしゃくってアヒムに言う。

二人は秋成には一瞥《いちべつ》もくれず、アヒムの金銭だけが狙いのようだ。

この二人、さっきの女性の仲間だな、と秋成はピンと来た。

本来の手筈では、アヒムを眠らせている間にカードを盗み、不正使用して稼ぐつもりだったのかもしれない。この二人も店内にいて、成り行きを見ていたと思われる。女性がうまくカードを盗んだら、二人が受け取って、すぐにインターネット等で換金率の高い品物を買い漁ることになっていたのだろう。だが、秋成の介入で当初の計画が失敗し、女性が逃げたので、強硬手段に出たといったところではないか。

「あいにく現金はほとんど持ち合わせない」

アヒムは怯まずに言ってのける。

「だったらカードを寄越せ」

今度はスーツの男が肩を怒らせ、ずいと詰め寄ってくる。

「後ろの綺麗なお兄さんの前でカッコつけたけりゃ、おとなしく言うこと聞きな」

「やっと会えたんだろぉ。わざわざ外国から捜しにきたカレシと」

「あの人捜し業者もグルか」

アヒムが目を眇《すが》め、低く唸《うな》るような声を出す。

「持ちつ持たれつってやつさ。人捜しには、俺たちみたいな連中の手が必要ってことだ」

今度の一件は金になると踏んで、業者を言いくるめるか裏切るかしたのだろう。

「ふざけるな！」

まんまと騙され、コケにされた怒りが湧いたのか、アヒムは声を荒げて叫ぶとジャケットの男の胸座《むなぐら》に摑みかかった。

「ア……エリク！」

思わずアヒムと言いそうになる。

アヒムとジャケットの男の間に割って入ろうと秋成が足を踏み出したところ、パーカの男がすかさず秋成を阻もうと腕を伸ばしてきた。

その腕を摑み、逆に引き寄せる。

おわっ、と蹈鞴《たたら》を踏んだパーカ男を、秋成は背負い投げで地面に叩き伏せた。

一瞬の出来事に、投げられた男も、傍らで揉《も》み合っていたアヒムとジャケットの男も、何が起きたのかわからない様子だった。

「ジ、ジアさん？」

「おいっ！　ワリィ！」

二人が唖然として叫ぶ。

そのとき、ロータリーにタクシーが入ってきた。

秋成が配車を依頼した車だ。

「大丈夫か」

ジャケットの男が、ワリィと呼びかけたパーカ男に気を取られている隙に、秋成は向かってくるタクシーに手を挙げて合図し、停まらせた。

「エリク、乗ってください」

後部ドアを開け、有無を言わさぬ勢いでアヒムを先に乗せ、すぐに秋成も隣に座る。

「出してください」

タクシーが走りだすと同時に、腰を押さえて顰めっ面をしていたパーカ男と、ジャケットの男が「待ちやがれっ」と怒声を上げるのが聞こえたが、秋成は一顧だにしなかった。

「お客さん、行き先は？」

運転手に聞かれ、秋成は先月イズディハールから贈られた別邸の所番地を告げた。

「ジアさん、すごいですね！　なんですか、さっきのあれ」

まだどこか惚《ほう》けた顔をしたアヒムが、目を輝かせて秋成をまじまじと見つめてくる。

とにかく安心できる場所に行ってからだ。

秋成は心を落ち着かせ、「柔道です」と簡潔に返事をした。

＊

よもやこの別邸をこんな形で利用することになるとは想像もしなかった。

タクシーを降りて、アヒムを「どうぞ」と招き入れる。

ここを訪れたのはイズディハールに連れてこられた日以来だ。

居間に通すと、アヒムは興味深げに室内を見渡した。

「素敵なお宅ですね」

家具調度品のほとんどが、二十世紀初頭から半ばにかけてアメリカで実際に使われていたもので、補修し磨き上げられたアンティークだ。アヒムに聞かれて秋成がイズディハールから聞いているとおりに教えると、アヒムは目を細めて感心していた。

秋成はアヒムにソファを勧め、キッチンに紅茶を淹《い》れに行った。

湯を沸かしながら茶葉をポットに入れ、ティーカップを用意する。食料棚に日持ちのするクッキー缶が置いてあったので、それをお茶請けにすることにした。

使い勝手のいい広さのキッチンをそうして動き回っているうちに、ふと窓ガラスに映った己の姿が目に留まる。黒髪短髪のウイッグを被っただけで雰囲気が変わり、我ながら別人のようだ。ライダースーツを着たのも久々で新鮮だ。もう似合わなくなっているのではないかと思っていたが、着るとしっくりとくる。秋成は自分自身を不思議な気持ちで見つめた。

お茶を持って居間に戻ると、アヒムはソファにゆったりと座っていた。

寛《くつろ》ぐときもあくまでも礼儀を弁《わきま》えていて、だらしなく姿勢を崩すことなく、躾《しつけ》のいい爽《さわ》やかな青年貴公子という印象を損なわない。カフェで初めて会ったときも、この凛然《りんぜん》として余裕に満ちたスマートな雰囲気に只者でなさを感じたのだった。

つい今し方、暴漢に襲われ、金を出せと詰め寄られ、隙を突いてタクシーに飛び乗って現場を離れるという尋常でない目に遭ったというのに、何事もなくここに招かれたかのごとく泰然としている。

よほど事態を軽く考えているのかと危機管理的な面で心配になったが、決してそうでないことは、秋成を見るやいなや背凭《せもた》れから体を起こしてきちっと背筋を伸ばし、

「先ほどはありがとうございました」

とあらたまって礼を言われたときにわかった。

「恥ずかしながら、いろいろな意味で油断していました。知人の伝手《つて》で紹介された人捜し業者を簡単に信用し、身元の不確かな相手とあのような場所で会うことを承諾し、のこのこ出掛け

ていくなど、今考えると本当に軽率でした。自分で自分の愚行が信じられません。もう一度あなたに会いたい一心で、のぼせていたようです。幸い、あなたに武道のお心得があったから、こうして怪我もなく危機を脱することができました。感謝いたします」

本人が冷静さを取り戻し、後悔しているのなら、秋成がこれ以上とやかく言う必要はない。

「今後はくれぐれもお気をつけください」

秋成は穏やかな口調で返した。

「私にまた会いたいと思ってくださったことは嬉しいですが、エリクさんのお気持ちは私には荷が勝ちすぎるようです」

「ときどきお目にかかって、お話しするだけでいいんです。それも難しいでしょうか」

アヒムはすんなりとは諦めず、粘る。

もとより、ここまで行動的なところを示されているのだから、障害の一つや二つものともしないであろうことは想像に難くない。上品で礼儀正しく、おっとりしている一方、いざとなると押し出しの強さや大胆さも持っている。アヒムを納得させるためには、秋成も誠意を尽くしてきちんと無理な理由を説明する必要がありそうだった。

「住んでいる国も違いますし、お互い仕事もあるでしょう。それに、私にはエリクさんの素性がたぶんわかっています」

「あ、やっぱり。国の話、しましたよね、あのとき。覚えていてくださったのですね」

アヒムは消沈させていた表情を心持ち晴らし、光栄です、と嬉しげに言う。

「お名前はお伺いしませんでしたが、トゥルンヴァルト公国の大公一家のお写真を拝見したときに、もしかしてと思いました。仮面で半分隠しておいででしたが、お顔の輪郭がそっくりでしたし、目や口もよく似ていらっしゃると感じましたので」

実際には、秋成がインターネットに上げられていた大公一家の写真を見たのは、空港でアヒムを出迎えた後のことだが、そこはアレンジさせてもらった。

「あらためまして、僕はトゥルンヴァルト公国の第二王子アヒムと申します」

すっくとソファから立ち上がり、アヒムは胸に拳を当てて会釈する。高貴さと優雅さが全身に醸し出され、秋成は「ああ、いえ、そんな」と恐縮した。性格は全然違うが、こうして礼を尽くされたときの雰囲気にはイズディハールと同質のものを感じる。生まれながらの王族の煌《きら》めきや冒しがたさ、と言えばいいだろうか。

「素性を明かすと、いよいよあなたが離れていってしまうのではないかと慮《おもんぱか》っていました。でも、気がつかれていたのですね」

「偶然知って驚きました」

調べたわけではない、といちおう断りを入れ、秋成はアヒムに今一度ソファを勧めた。

アヒムは緊張した面持ちで腰を下ろす。背筋はピシッと伸ばしたままだ。秋成まで自然と姿勢を正し、気持ちを張り詰めさせた。

「カフェであなたとお会いしたときから僕は一目惚《ぼ》れしていたようです。短い時間でしたが、お話しさせていただいている間、雲の上を歩いている心地でした。男の方を相手に何を言っているのかと呆《あき》れられてしまうかもしれませんが、正直な気持ちです。……僕は、どうやら、そちらの嗜好《しこう》らしく、好きになる方はいつも同性なのです」

アヒムは秋成をせつなさと熱っぽさの混じったまなざしで見つめる。

気まぐれや遊びなどではない真剣な気持ちが伝わってきて、秋成の胸に突き刺さる。

「引きますか？」

「それは誓ってありません」

秋成はすぐに否定した。

「私があなたとこうして会うことを今後お断り申し上げたいのは、あなたが男だからでも殿下だからでもありません」

そこで一度言葉を句切り、秋成は真っ向からアヒムのまなざしを受けとめた。

アヒムがドキッとしたようなのが、瞳の揺らめきから察せられた。

「カフェでお話ししたときにはっきりさせておけばよかったのですが、私、生涯を誓った相手がおります。ですから、あなたのお気持ちにお応えすることができないのです」

「ああ……そうでしたか。そうですよね」

アヒムもその可能性には薄々思い至り、頭の隅に置いていたようで、あからさまに動揺する

ことはなかった。ただ、秋成の口からはっきり告げられてショックではあったらしく、失意がみるみる顔に出る。

秋成は心苦しさに目を伏せた。

「あなたのような方がフリーのはずありませんよね。残念です」

アヒムは消沈した声で言い、小さく溜息を洩らした。それから、やおら気を取り直したように口元を緩めて微笑する。

「ああ、でも、どうかお気遣いなく。十中八九断られることを覚悟で、もう一度お話しできたらと思っていましたので、とりあえず願いは叶って気持ちが落ち着きました」

胸に手のひらを当てて大丈夫だと示してくれたが、表情が明るいとは言い難く、無理をしているように見えて秋成は申し訳ない気持ちが増す一方だった。

かといって謝るような類いの問題でもなく、アヒムを前にしてどんな顔をすればいいのかわからず、悩む。

「もう少しだけ、いろいろお聞きしてもいいですか」

精一杯の笑顔を向けてこられて、秋成は何を聞かれるのかとひやひやしながらも頷く。

「ありがとうございます」

アヒムは一気に五歳くらい年を重ねたかのごとく大人びた雰囲気を醸し出す。ときおり覗《のぞ》かせていた無邪気な青年っぽさが掻き消え、落ち着き払った印象が強まった。

「相手の方とはもう長く一緒にいらっしゃるのですか」

「出会ったのは去年です。一年ほど前になります」

「そうだったのですか。僕はあなたと会うのがちょっと遅かったのですね」

アヒムは本気で残念そうな顔をする。

「たぶん、あなたは私をいいように誤解されているのだと思います」

自分は決して褒められた人間ではない。アヒムの幻想を打ち壊すのは忍びないが、それだけはきちんと伝えておきたかった。

「私は結構利己的ですし、人一倍保身を考えて行動します。人には言えない秘密も抱えています。だから、真っ正直にはなれません」

アヒムは目を見開いて秋成を凝視したが、すぐにまた表情を和らげ、ふっと微笑《ほほえ》んだ。

「そんなことをおっしゃる時点で誠実な方だと思いますが、あなたが僕を諦めさせようとしていることはわかります」

「……殿下」

そう言われると秋成は困ってしまう。アヒムがいっそ怒ってくれれば、本当にごめんなさいと謝り続けられるのだが、理解されて鷹揚な態度を見せられると申し訳なくて言葉に詰まる。

「ここにいる間はエリクと呼んでください」

さらに、やんわり訂正される。秋成に畏まられたくないのであろうアヒムの気持ちが察せられ、秋成はいっそう恐縮する。

「心配しなくても僕はあなたを困らせるようなまねはしません。ただ、あなたがどういう方なのかもっと知りたいだけです。めったになく……その、ときめいてしまいましたので、こうしてまたお話しできたことが僥倖《ぎょうこう》だと思っているんです」

「では、私が嘘つきだとご承知の上で、聞いていただけますか」

アヒムは、秋成の言葉の意味を、眉根を寄せてしばらく考えていたが、やがてにっこり笑って頷いた。

「いいでしょう。つまり、あなたには何かとても大きな秘密があるということですね」

そう思ってもらえれば助かる。

いつかアヒムは秋成がエリス妃だと知るかもしれない。その際、何が嘘で何が本当だったのかはがらりと変わってくるはずだ。今、アヒムは秋成を男性だと信じて話をしている。だが、エリス妃だとわかった時点で、そもそもそこが間違っていたと百八十度認識を変えなくてはならなくなる。秋成としてはどちらも嘘ではないが、それこそ最も知られたくない秘密だ。秋成としては意図的にアヒムを誤解させるしかなく、嘘つきだと自称することでそれだけ前もって承知しておいてほしかった。

「あなたが今日僕を心配してあの店に来てくださったことは、相手の方もご存知なのですか」

「いいえ。言うとよけいな心配をかけかねないので、言っていません。あなたも驚いていらしたように、私はこう見えて武術を幾通りか嗜《たしな》んでおります。いざとなったら自分の身は守れますから、一人でも大丈夫だと思いました」

「確かに。素晴らしい技でした。あれは、背負い投げというのですか」

「そうです」

「でも、失礼ながらあなたのその細腕で、あんな体格のいい大柄な男を投げるなんて、この目で見てもいまだに何がどうなったのやら理解できてない有り様です」

「あれは力で投げているのではありません。習えばあなたにもできますよ」

「僕も何か一つくらい護身術を学ぶべきかもしれないと、今夜身に染みて思いました。あなたを守るつもりが、逆に守られてしまい、大変腑甲斐なかった」

　アヒムは面目なさそうにする。

「それより、もうこんな冒険は慎まれたほうがいいです。どうしても出歩きになられたい場合はSPをお連れになるべきです」

「……はい。お世話になっている先でも、一人で大丈夫ですかと気遣わしげにされました」

「あまり遅くならないうちにお帰りになったほうがよいですね」

　秋成は疚《やま》しさから目を伏せがちにして言った。一人で大丈夫かとアヒムに聞いたのはまさに自分だ。今ここでアヒムが遅ればせながら秋成がエリス妃だと気づくのではないかと思うと、アヒムと目を合わせるのを躊躇《ちゅうちょ》した。正直に、それは私です、と切り出すのはなかなか勇気のいることで、秋成にはまだその決意がこの場ではできていなかった。何度も、もうここで、今ここで、と思う局面がありながら、結局延ばし延ばしにしてきていた。打ち明けなくてはいけない事態になる前にアヒムが国に帰るなら、それに越したことはないと心のどこかで望んでいることも否めない。

秋成の心配をよそに、アヒムは秋成がエリスだなどという考えはちらりとも頭に浮かばない様子で、九時四十分を指している時計に視線を落とし、自らの気持ちに踏ん切りを付けさせるように言う。

「十時にはお暇《いとま》します」

アヒムが時間を切ってくれたので、秋成の肩の荷は少し軽くなった。

紅茶のお代わりを勧める。

秋成がティーポットを傾けてカップに紅茶を注ぐのを、アヒムはじっと見つめていた。

「あなたのお相手は、ひょっとして男性ですか」

聞いていいかどうか躊躇うように遠慮がちに訊《たず》ねられる。

「はい」

秋成は短く肯定した。この質問は避けては通れないだろうと予測していたので、冷静に応じられた。

アヒムが嘆息を洩らすのと同時に、ああ、と合点がいったような、悔しそうな、そしてまた残念そうにも聞こえる、複雑な感情が入り混じった声を出す。

「どんな方ですか、あなたにとって」

差し支えなかったら教えてほしいと丁重に言われ、秋成ははぐらせなかった。アヒムの心境を思いやると、聞かなければ吹っ切れないであろうことは理解できる。

「優しくて誠実な方です。懐が深く、人として大きいといつも感じさせられます」

身内のことだけに、秋成の口調は訥々《とつとつ》としたものになる。

「きっと素敵な方なのでしょうね」

そうでなくては困ります、とアヒムは冗談めかしつつ、半ば本気を匂わせる。

「シャティーラでは同性同士のお付き合いは隠さなければいけないのではないですか」

「……おおっぴらには、できません」

「あなたが慎重に言葉を選びながら話されるのも無理ないですね」

アヒムは秋成の物言いがぎこちないのはそのせいだと推察し、納得したようだ。

「僕の依頼で動いていた人があなたの周辺を探るような動きをしたことで、あなたに不安を与えたのでしたら、申し訳ないことをしました」

重ねて謝られて、秋成は「いいえ」の一言で片づけた。

そういうことにしておかなくては、どうして今夜のことがわかったのか説明がつかなくなるため、そんな事実はないと訂正しづらかった。

おそらく、アヒムが紹介された人捜し業者というのは詐欺師のようなものだろう。学友の従兄だという人物がどこまで関係しているかは定かでないが、少なくともシャティーラ国内でまともな調査をしなかったであろうことは、共犯の女性や、先ほどアヒムを脅して財布を奪いかけた二人組の存在からして明らかだ。

「いざというときは、相手の方があなたを守ってくださいますね、きっと」

「私ももっとしっかりしなくてはと思うのですが、なにかと足りない部分があって、彼に頼ってばかりです」

「あなたは充分しっかりなさっていると思いますよ。僕こそ、こうしてあなたといると、たくさん反省させられます」

アヒムは面目なさそうな顔で自嘲気味に言い、目を眇めて眩しげに秋成を見る。

「国に帰って自分の義務を果たすべく努めないと、ですね」

「いつかきっと、あなたのお眼鏡に適う方に巡り逢えますよ。私でさえ、自分には過ぎた相手と出会えたのですから」

「そう言っていただくと心強いです」

アヒムは今夜秋成と再会したばかりのときと比べると、ぐっと落ち着いたように見えた。

それでもなお、会いたい一心で捜していた秋成を、ほんの二時間あまり話しただけで諦めるのはせつないらしかった。

「そろそろ十時ですね」

後ろ髪を引かれるような表情をしながらも、アヒムが己の決めたことにしたがって帰る素振りを見せたとき、秋成は安堵《あんど》した。この方はきっと大丈夫だ——そう思えた。

タクシーを呼び、アヒムを門前まで送り出す。

雨は上がっていた。

「もうこれでお別れかと思うと残念ですが、こうしてお時間を割いていただけただけでも、僕はあなたに感謝しなければいけないですね。ありがとうございました。どうか、お元気で」

「私も、お話しできてよかったと思っています」

アヒムに握手を求められ、秋成は差し出された手を握った。

ぎゅっと力を込めて握り返される。アヒムの手は大きく、温かかった。

「お気をつけてお帰りください」

アヒムを乗せたタクシーが走りだす。

秋成はテールランプが見えなくなるのを確かめてから、ガレージを覗きに行った。

期待したとおり、遊戯施設ビルに置いてきたバイクがいつのまにかこちらに移動されてきている。ドハ少尉の配慮だ。助かった。思わず満悦した笑みがこぼれる。

スマートフォンを見てみると、少尉からメールが来ていた。

バイクを届けたこと、キャシーと名乗る女性の身元が判明したことが、簡潔に報告されている。彼女を押さえておけば、秋成たちを襲った二人組の男についてもすぐにわかるはずだ。詳細は後ほど少尉と会って聞くが、どのみち、そうたいした連中ではなさそうだ。今後アヒムと関わることもないだろう。

秋成は戸締まりをすると、急ぎバイクに跨《また》がった。

タクシーに乗ったアヒムより先に屋敷に戻っていなくてはいけない。

夜の幹線道路を飛ばして帰宅する。執事をはじめとする家の者たちに見咎《みとが》められないよう、二階の自室に行く。夜間はこちらから呼ばない限り皆それぞれに割り当てられた部屋で休息をとっているはずなので、それが可能だった。

幸いイズディハールもまだ戻っていなかった。

ライダースーツを脱いで夜用の室内着とドレッシングガウンに着替える。黒い短髪のウイッグを外して見慣れた自分の顔が、鏡の向こうから照れくさそうに秋成を見つめ返してくる。

とりあえず事なきを得てよかった、と鏡に映った自分の顔を指の関節でコツンと叩いた。

アヒムが帰宅したことを女官が報告しにきたのは、その直後だった。

4

翌朝、朝食の席でアヒムと顔を会わせるとき、秋成《あきなり》は内心ドキドキしていた。

さすがに今度こそ気づかれるだろう、気づかないなどということがあり得るだろうか、とほとんど覚悟を決めて臨んだのだ。

「おはようございます、殿下、妃殿下」

しかし、アヒムは、からかっているのではないかと首を傾げたくなるほど、秋成を見ても取り立てた反応はしない。声も喋《しゃべ》り方も自分では意識して変えてはいないつもりだが、本気でわからないようだ。もしかすると、男装しているときは雰囲気に合わせて声まで自然と男らしくなっているのかもしれない。

アヒムはいつもどおり礼儀正しく恭《うやうや》しい。ここに来た当初に比べると秋成ともだいぶ打ち解けてくれているが、やはりまだ向き合うと気恥ずかしさのようなものを感じるらしい。今朝は、屈託のない快活さは出ておらず、精一杯取り繕った様子の痛々しげな笑顔を向けてくる。一晩寝てすっきりするどころか、むしろせつなさが増したようだ。

イズディハールも含めた三人で朝食のテーブルに着いている間は、当たり障りのない会話を交わすだけですんでいた。

「午後からアヒム殿下と遺跡見学に出掛けるが、それまでに書類をいくつか読まなくてはいけないので、先に失礼する。きみたちはゆっくり食後のお茶でも楽しんでくれ」

イズディハールがそう言い置いて席を立ち、アヒムと秋成の二人だけになると、アヒムは胸の内に溜め込んでいた鬱屈《うっくつ》を抑えきれなくなったかのように「昨晩のことですが」と低めた声で言い出した。事情を知っている秋成にしか話せない内容で、アヒムはとにかく誰かに聞いてほしくてたまらなかったようだ。

「私も気になっておりました。十一時頃帰宅されたことは女官から聞いていたのですが、すぐに部屋に引き取られたとのことでしたので、お出迎えもせず失礼いたしました」

「いいえ、とんでもありません。僕のほうこそ我が儘《まま》を聞いていただき、ありがとうございました。いろいろお気を揉《も》ませてしまったのではないかと思います。ご心労おかけすることになりまして申し訳ございませんでした」

「私のことはお気になさらずに」

秋成は給仕を担当する侍従にコーヒーのお代わりを頼むと、しばらく下がっているよう指示した。そのほうがアヒムも話しやすいだろう。

二人になると、アヒムは「結局のところ、期待していたようには運びませんでした」と憂いを浮かばせた顔つきで昨晩の顛末《てんまつ》を秋成に話し始めた。

「捜していた方と会うことは会えましたが、既にお相手がいらっしゃるそうで」

アヒムは面目なさそうに睫毛《まつげ》を瞬かせる。落ち込んだ顔を秋成に見せるのを躊躇《ためら》ってか、俯《うつむ》きがちで視線は合わせてこない。

「そうでしたか」

他でもない自分自身との話だ。それを今初めて聞く振りをする己の白々しさがきまり悪く、気の利いた相槌《あいづち》などとても打てなかった。

ほうっ、とアヒムの口からやるせなさでいっぱいといった感じの溜息が洩《も》れる。

「出会うのがあと少しだけ早かったら、もしかすると僕にもチャンスはあったかもしれないと思うと、やりきれません。世の中にはたぶんそういう思いをしている方がたくさんいて、自分もその大勢の中の一人に過ぎないのはわかっているのですが」

もし自分のほうが先に出会っていたなら——その言葉は秋成にハミードを思い起こさせた。

一度本気で迫られたとき、ハミードは秋成に、イズディハールにはひた隠しにしてきたつもりだが以前から秋成を想っていた、と告白してきた。そう言われて秋成は、出会った順序が逆だったら、自分はイズディハールではなくハミードを好きになっていただろうか、と一瞬考えた。確かに後先の違いでその後の流れは多少左右されるかもしれない。甲乙つけがたい二人と同時に出会っていたら、どちらを選んでいいか悩み、気持ちは揺れた気がする。けれど、結局はその後先も含めて縁ではないかと思うのだ。

「今回は残念な結果になってしまったようですが、これからまだまだたくさんの出会いがあると思いますよ」

だからそんなに消沈することはない、と秋成は親身になって慰めた。

「……そうですね」

アヒムは、今はまだ次の恋のことなど想像したり期待したりする余地もなさそうに、気乗りしない口調で相槌を打つ。

「ちなみに、妃殿下はイズディハール殿下と大変ドラマチックな大恋愛の末のご結婚だったと伺っています。どんな出会い方をなさったのかお聞きしてもよろしいですか」

自分のことはさておいて、秋成自身の恋愛について聞きたがる。

「ドラマチックかどうかはわかりませんが、私にとっては人生の転機としか言いようがない出来事でした」

まさかアヒムにイズディハールとの馴《な》れ初《そ》めを話すことになるとは思いもしなかった。照れくさくて、頬がじんわり火照りだす。

「私は元々ザヴィア共和国の出身です」

「東欧の国ですね。昨年シャティーラ国内でのテロリスト煽動《せんどう》の疑惑が持ち上がって以来、今でも不仲の状態が続いていて、関係回復がなされていないんですよね。恥ずかしながら僕も詳しくは把握していないのですが。ザヴィアは我が国とも交流がありませんので」

「実は、その一件に絡んで、私もスパイ容疑をかけられました」

「えっ。そうだったのですか」

このあたりの事情はほとんど公にされていないので、アヒムが驚くのも無理はない。

「本来は容疑が晴れるまで投獄されるはずだったのですが、イズディハール殿下が私の身柄をお引き受けくださいました。事件が起こる前に一度パーティーでお目にかかっていて、少々お話しさせていただいておりましたので、殿下は私をご存知だったのです」

「めったになさそうな展開ですね。想像を超えていました」

小説のようです、とアヒムは真面目な顔で喩《たと》える。

「おそらく殿下はパーティーの際に妃殿下を見初められていたのでしょうね」

「ど、どうでしょう。当時も外交を担当されていましたので、ザヴィアの外相の随行者の一人だった私にもお気遣いいただいたのだと思いますが」

こんな話は今までしたことがないので、落としどころがわからなくて悩む。肯定するのは惚《のろ》気《け》のようで面映ゆい。かといって謙遜《けんそん》しすぎるのもイズディハールに失礼な気がする。加減が難しかった。

「妃殿下のそうした奥ゆかしさも、イズディハール殿下を放っておけないお気持ちにさせるのだと思いますよ」

「身に覚えのない容疑をかけられて連行されたときの不安と恐ろしさは今でもはっきり覚えて

います。私を信じてくださる殿下の存在がなかったら、精神的にも肉体的にも参っていただろうと思います。容疑を晴らしてくださった上、ザヴィアからもテロに加担した犯罪者扱いされて行き場をなくしていた私をもらってくださったのは、ひとえに殿下の深い情のおかげです。感謝してもし足りません。私は幸運でした」

まだほんの一年前の話だ。

当時のことをアヒムに語るうちに、そのときどきの感情が鮮明に甦《よみがえ》り、秋成は胸がいっぱいになった。所属していた軍からも、祖父が当主である母方の実家からも切り捨てられ、孤独と不安で押し潰《つぶ》されそうだった秋成に、「俺と一緒になってくれないか」と求婚してくれたイズディハールの声が脳裡《のうり》に響く。秋成の体の秘密を知った上での真摯な言葉だった。子供は作れないし、皇太子の身分では異教徒を正妻にすることはできないとわかっていながら、国王を説得し、議会の承認を経て国民の理解も得てくれた。相当な覚悟、揺るがぬ決意がなければできないことだったと思う。

「お聞きすればするほどドラマチックですね」

アヒムはしみじみと感嘆し、秋成を見て眩《まぶ》しげに瞬きする。

「そういう方と出会えて今があるということが僕には羨《うらや》ましいです」

外国人の秋成と結婚するために、イズディハールが皇太子の座を降り、双子の弟ハミードに譲ったのは有名な話で、アヒムも知っていた。

「イズディハール殿下は世界中のセレブの中でも特に、人格者であることや、美貌、外交などの政治手腕、それから私有財産の巨額さで知られている御方です。ご縁など絶対にないとわかっていても憧れる女性が後を絶たなかったと聞いています。そういう殿下を射止められたお妃《きさき》様はどんな方なのか、失礼ながら大変興味がありました」

　はしたなくて申し訳ありません、と不調法を詫《わ》びつつも、アヒムは言わずにはいられないように続ける。

「旅先で三十分間だけご一緒した、名前も知らない男性がシャティーラの方らしいとわかった時点で、これも何かの縁だろうと思い、祖父の代を最後に王室同士の交流が途絶えていたにもかかわらず、厚かましくも訪問させていただきました。殿下と妃殿下にお目にかかることができて本当に光栄です」

　アヒムの口調はどんどん熱っぽさを増していく。

「妃殿下は僕の貧弱な想像より遥かに素敵な方でした。最初にお姿を拝見したときは、お美しすぎてまともに顔を合わせることもできないくらいドギマギしました」

「またそんな。やめてください」

　面と向かってそこまで言われると、本気で困る。自分では、すべてにおいて未熟で、妃としての役割をどの程度果たせているのか心許なく、褒められるところなどそんなにないと思っている。毎日反省し、努力の足りなさを噛《か》みしめる日々だ。いつまでもイズディハールに甘えていられない、と思いつつ、結局なにかと頼ってばかりいる。

「僕は恋愛対象が同性というケースが多いのですが、心惹かれる女性がいたら、迷わず結婚したくなりました。そう思ってしまうほど、イズディハール殿下と妃殿下は僕にとって理想的なご夫妻です」

「ありがとうございます」

過ぎた言葉だと面映ゆくなりながら、秋成は素直に受けとめさせてもらった。

「殿下にも一生を左右するような素晴らしい出会いがきっとあると思います」

「だと嬉《うれ》しいのですが」

アヒムは期待半分、諦念半分といった感じに声のトーンを落とす。

やはりまだ旅先で出会った怪盗紳士のことを払拭し切れていないのだろうか。秋成はそれがとても気になった。怪盗紳士として言えることは言い、誠実に向き合い、想いには応えられないとはっきり断ったつもりだが、そう簡単に一度抱いた感情を消し去れないであろうことは、自分の身に置き換えて考えれば想像がつく。

「……お気持ちの整理をつけるのは難しそうですか」

聞けば墓穴を掘ることになるかもしれないと思いながらも、秋成はこのまま知らん顔することができなかった。もし自分にできることがあるのなら、できるだけしたい。アヒムを惑わせた責任を感じながら何もしないで帰国の途に就かせるのは、秋成自身、凝《しこ》りになって後々まで尾を引きそうだった。

「たぶん、時間が解決してくれます。今はそれに期待するだけです」

アヒムは眉間に皺《しわ》を寄せた苦渋の表情で、自分自身に言い聞かせるように言う。口調だけでもさばさばした感じにしようと努めているのが察せられ、秋成は胸が痛んだ。

今さらかもしれないが、実はあれは私なのです、と話してしまったほうがアヒムのためなのではないだろうか。イズディハールと秋成の関係性が揺るぎないことはアヒムもわかってくれている。それが自分にとっても理想の形だとまで言ってくれた。怪盗紳士の言葉だけでは信じがたくても、相手がはっきりすれば、ましてや、それがアヒムも傾倒しているらしいイズディハールなら、余念を持つ隙がなくなって割り切りやすくなるのではないか。そう思えてきた。

だが、頭ではそれがいいと考えられても、いざ打ち明けようとすると言葉が出てこない。アヒムの怒りを買い、罵倒されたり軽蔑されたりするのは仕方がない、ここまで黙り続け、騙《だま》してきたのだから当然だ。甘んじて受ける覚悟はできているのだが、頭がうまく回らず、何をどう言えばいいのか迷うばかりで口を開けない。情けなくて嫌になる。

秋成が腑甲斐《ふがい》ない己にもどかしさを感じているうちに、アヒムは話を切り上げるように言い出した。

「望んだ結果にはなりませんでしたが、これ以上ここにいても想いを引きずるだけですので、明後日の朝、潔く帰国します」

結局、秋成は真実を話せないままになってしまった。

「ご予定通りということですね」

「ええ」

アヒムはどうにか気持ちを切り替えられたようだ。

「午後からの遺跡見学、よろしければ妃殿下もご一緒なさいませんか」

「いえ、私はご遠慮します」

遺跡が嫌いなわけではないのだが、軍の裏切りにあって偽の呼び出しを受けて出向いた先で殴り倒され、遺跡の中の観光ルートから逸れた非公開エリアに閉じ込められたことがあり、それから遺跡はなんとなく苦手になった。イズディハールもそれを承知していて、きみは無理をするな、と遺跡の案内は自ら買って出てくれた。

自国の遺跡に関してはイズディハールのほうがもちろん詳しい。

それに、これまでイズディハールは、公務の都合でアヒムとゆっくり話す時間がとれていないので、近しい環境にある者同士気兼ねなく語り合いたいこともあるだろう。

「私のことはお気になさらずお二人で楽しんでこられてください。明晩はささやかながらホームパーティーを催させていただきます。皇太子殿下も駆けつけてくださるそうですので、華やかになると思います」

「最後の夜になりますが、楽しみです。いろいろとありがとうございます」

ホームパーティーはイズディハールの提案だ。ハミードも一も二もなく賛成し、俺も参加させろと乗り気らしい。秋成にとってもこれがもてなしの締め括《くく》りになる。今日のうちに晩餐で出すメニューの確認をシェフとしなければいけない。ヴァイオリニストとピアニストも余興に呼んであるので、そちらとの打ち合わせもあった。

イズディハールとアヒムは予定通り午後から遺跡巡りのドライブに出掛けた。

助手席にアヒムを乗せ、イズディハール自らがハンドルを握る四輪駆動車が出発するのを見送って、秋成は久々に一人きりの午後を過ごした。必要な打ち合わせをする以外は特になにもせず、自室でゆっくりする。イズディハールたちは夜の食事まで外ですませてくることになっていたため、晩餐も一人だった。

たまに一人になるのも気楽でよかったが、それより寂しさのほうが勝り、二人の帰りが待ち遠しかった。昔は誰かと一緒にいるときのほうが緊張して気が休まらず、苦手だったのに、変われば変わるものだ。

二人が帰宅したとき、ちょうど秋成は入浴中だった。

浴室の扉がノックされ、「俺だ」とイズディハールに声をかけられる。

バスタブに浸かっていた秋成は咄嗟《とっさ》に躊躇《ためら》ったが、入ってこないでください、と断るのも今さらな気がした。幸い、入浴剤で不透明な乳白色になっていた湯が、胸から下を隠してくれていたので、そのままの格好でイズディハールと顔を合わせる。

「お帰りなさい。すみません、お出迎えもせず」

「必要ない。遅くなって悪かった。食事のあとカフェでコーヒーを飲みながら殿下の話を聞いていたら、こんな時間になってしまった」

イズディハールは一度部屋で楽な服装に着替えてきていた。薄地のセーターと、ゆったりとした柔らかな生地のパンツ姿で、濡《ぬ》れるのも気にせずバスタブの縁に腰掛ける。

「背中、流してやろうか」

「……はい」

秋成は羞恥に頬を赤くしながら、イズディハールがそうしたがっているのを察して背中を向けた。

「白くて綺麗な肌だ」

イズディハールの手が秋成の背中を優しく撫《な》でる。

芳香のする白濁した湯をかけては手のひらで慈しむように擦られる。髪をよけ、項《うなじ》や肩、肩甲骨、背筋など、丁寧に指の腹まで使われた。

「遺跡は何カ所ご覧になったのですか」

「三カ所だ。殿下は興味深そうにされていた」

「いろいろとお話もされたようですね」

「ああ」

イズディハールは秋成の肩をやんわり摑《つか》んで自分の方に正面を向け直させると、顎を擡《もた》げて唇を啄《ついば》んできた。チュッと軽くキスされ、洗ったばかりで湿ったままの髪に指を差し入れ、頭皮を愛撫《あいぶ》する。心地がよくて秋成はうっとりとした。

「きみにずいぶん世話になったと感謝していた。昨晩は冒険に協力したそうだな」

「殿下はそのこともお話になったのですか」

まさかアヒムがイズディハールに喋るとは思っていなかった。秋成は驚き、バツの悪さに視線を逸らした。

「すみません……。あなたに黙って勝手なことをしました」

「できれば私には前もって相談してほしかったが、きみにはきみなりの考えがあったのだろうし、何事もなくすんだようだから小言は言うまい」

イズディハールは怒りをあからさまにはしないものの、不服を感じていないわけではなさそうだった。

「本当に申し訳ありませんでした」

大切な預かり人であるアヒムを、夜中一人で遊戯施設に行かせるような非常識なまねをしたことに対してイズディハールは呆《あき》れ、浅慮を諫《いさ》めたかったのだろうと思い、秋成は項垂《うなだ》れた。

だが、続けて言われた言葉を聞いて、そうではないとわかった。

「誤解しないでほしいんだが、俺は確かに少し怒っているが、それはきみの身にも危険が及びかねなかったことを心配するからだ」

えっ、と秋成は弾かれたように顔を上げ、イズディハールを見た。

秋成と目を合わせ、イズディハールはふっと苦笑する。

「事情はよくわからないが、殿下を助けたのはきみだろう、秋成？」

「ど、どうして……そうお思いになったのですか……。もしかして、アヒム殿下もお気づきだったのでしょうか」

アヒムから話を聞いただけのはずのイズディハールに、昨晩アヒムと会った男性が秋成だったとあっさり見抜かれるとは思ってもみず、驚きと恥ずかしさで動顚《どうてん》してしまった。

「いや、殿下は何も気づいておられない。黒髪の美しい男性だとおっしゃった」

イズディハールの瞳に秋成を揶揄《やゆ》する色が浮かぶ。

「やはり、きみだったのだな」

「はい」

秋成は合わせる顔のなさにじわじわと目を伏せ、消沈した声で認めた。穴があったら入りたい心地だ。イズディハールが普段と変わらず冷静で、穏やかに落ち着き払った態度のままなのが居たたまれなさに拍車をかける。

「殿下から、夜中に外出して得体の知れない人間と会うつもりだと聞かされたきみが、なんの手も打たずに殿下を行かせるはずがない。そうだろう？」

イズディハールに確信的な口調で言われ、秋成は腑甲斐なくも涙が出そうになった。秋成を信頼してくれるイズディハールの気持ちの揺るぎなさが胸に迫る。不謹慎かもしれないが嬉しかった。ともすれば秋成自身より秋成のことを理解しているかもしれないイズディハールに隠し事をしたことを猛烈に後悔する。

「最初からお話ししてもいいですか」

「ああ。聞こう」

イズディハールは秋成の頬を指の腹で撫で、耳の裏を優しく擽《くすぐ》り、再び唇にキスしてきた。

「その前に、きみは湯から上がったほうがよさそうだ。のぼせてしまわないうちにな」

秋成は面映ゆさに頬を火照らせ、小さく頷《うなず》くと、差し出された手に摑《つか》まってバスタブから全裸のまま出た。

イズディハールが壁のフックに掛けてあったバスローブを取ってきて、着せかけてくれる。

十畳ほどある広々とした浴室には、バスタブとシャワーブース、洗面台のほか、毛足の長いラグを敷いてカウチや安楽椅子が据えられた一角が設けられている。

秋成はイズディハールに手を引いて連れていかれ、カウチに腰掛けた。

イズディハールはふかふかのタオルを広げて秋成の頭に被せると、丁寧に髪から水分を拭き取っていく。甲斐甲斐しく世話を焼かれて恐縮するが、イズディハールがそうしたがっていることを肌で感じたので、おとなしくされるままになった。

「つまり、きみはアヒム殿下とエンデで会っていた、ということだな」

「はい。黙っていて申し訳ありませんでした」

アヒムはイズディハールにも、エンデ共和国で祭りの最中に出会った怪盗紳士をシャティーラまで捜しにきたと話したらしい。業者が渡りをつけた女性とクラブで会い、薬を飲まされて眠り込んだこと、そこへ会いたかった人が現れて有頂天になったのも束の間、外で男二人に財布を出せと詰め寄られ、助けてもらってご自宅に行くことになった——と、一連の流れをイズディハールはすでに知っていた。

「仮装していたとき、シルクハットを被って、髪を纏め、モノクルを嵌《は》めていたせいか、アヒム殿下は私をご覧になっても全然お気づきにならず、それならば、このままやり過ごしてしまいたい、そのほうが私も都合がいいと……つい考えてしまいました」

秋成は包み隠さずイズディハールに話した。

「その仮装はさぞかし完璧だったのだろう。きみは衣裳《いしょう》でずいぶん雰囲気が変わる。顔つきまで自然と男っぽいときと女らしいときがある。怪盗紳士は俺も見たかったな」

イズディハールは充分本気のまなざしで秋成を見やり、うっすら口元を綻《ほころ》ばせる。

「いえ、仮装はもう」

そもそもはそれが原因で、図らずもアヒムを翻弄《ほんろう》することになってしまったのだと思うと、本来の自分を偽るようなまねは金輪際慎まなくては、と反省することしきりだ。

「あの場ではお互い素性を明かさないまま、行きずりの者同士としてお話ししただけのつもりでしたが、空港でアヒム殿下があの時怪人に扮《ふん》されていた方だとわかった時点で、正直に名乗るべきでした」

「きみがそれを躊躇ったのも無理はない」

タオルで粗方水気を取った秋成の髪に手を差し入れ、頭をマッサージするように心地よい指圧を加えてくれながら、イズディハールは神妙な面持ちで言う。

性別がかかわることに関しては、秋成の感覚や捉え方は特殊で、普通の人とは違うため、自分に正直な言動をしようとすると事情を知らない人には理解してもらえないことが多い。男装した秋成を男性だと信じ、妃殿下として対面した秋成を女性だと当然認識しているアヒムに、どちらも自分なのだが、決して騙したわけではないと納得してもらうのは、そう簡単なこととは思えなかった。イズディハールの発言は、秋成のそうした気持ちを察してのものだ。

ありがたかったが、やはり自分は間違っていたと秋成は後悔している。

「私が勇気を出して打ち明けていれば、殿下を危険な目に遭わせることもなかったと思います。たまたま相手が私一人でも対処できる程度の暴漢だったので事なきを得ましたが、もう一人二人多ければ防ぎきれなかったかもしれません」

「確かにそれはそのとおりだ」

イズディハールは秋成を甘やかし、庇《かば》うばかりではなく、言うべきことはピシリときつい口調で断じる。

「俺は殿下から一通り事の顚末を聞いたが、困ったことに、まだきみを完全には諦め切れていないようだぞ。心の問題だから殿下ご自身にもどうすることもできないのだろうが、その相手はきみではないのかと疑っていた俺としては複雑な心境だった」

つっと眉根を寄せて渋面になったイズディハールに、秋成は胸を針でチクチクと刺されるような痛みを覚えた。

「まぁ、仕方がない。これも魅力的すぎる妻を持った男の苦労だと思えばまんざらでもない」

「イズディハール」

そんな言い方をされるとどんな顔をすればいいかわからない。

「秋成、きみ自身もこのまま殿下にご帰国されるのはすっきりしないだろう。俺も殊きみに関しては狭量にならざるを得ない。できれば殿下に気持ちの整理をつけていただきたいというのが本音だ」

「私も、そのほうがありがたいです」

それには秋成があの怪盗紳士であったことを話すのが一番手っ取り早く、納得もさせやすいだろう。

「きみは先ほど仮装はもうしないと言ったが、明日の晩餐を仮装パーティーにして、皆何かの扮装をするのはどうだ」

嫌か、とイズディハールに聞かれ、秋成は軽く目を瞠《みは》った。

それまでずっと立って秋成と向き合っていたイズディハールが、秋成の横に腰を下ろす。

カウチに並んで座り、膝の上に載せていた手を握られる。イズディハールの手の温もりに癒され、心が落ち着いてくる。

「もう一度、以前会ったときと同じ扮装をすれば、さすがに殿下もお気づきになる。きみの相手が俺だとわかったなら、今はまだ捨てきれないと仰《おっしゃ》っていた一縷《いちる》の望みにもご自身で折り合いを付けられるだろう。ショックはショックかもしれないが、ここは俺も一ミリとて譲るわけにはいかない」

秋成の手を握るイズディハールの手にグッと力が籠《こ》もる。

イズディハールの気持ちの強さを感じて、胸の奥がじんわりと熱くなり、震えた。

「殿下は、きみと俺の馴れ初《なそ》めから今に至るまでの経緯に、いたく感動されたそうだ」

「はい。私にもそのように仰いました」

秋成ははにかんで睫毛《まつげ》を揺らす。

「皇太子の座を降りてきみと結婚したことを美化する向きもあるようだが、実際はまったく褒められたことじゃない。俺はただ必死だっただけだ。きみを得るためにずいぶん我を通した。ハミードをはじめ周囲に多大な迷惑もかけた。その埋め合わせはこれから一生かけてしていく覚悟でいる」

「私もです」

秋成はイズディハールの手を握り直し、指を絡ませる。

「精一杯ご恩に報いたいと思っています。私にできることはなんでもいたします」

「きみが俺と共に生きてくれるだけで幸せだ。後悔はしていない。きみが好きだ。誰にも渡したくなかった。これから先も渡さない」

アヒムと恋の話をしてきたせいなのか、今宵のイズディハールはいつにも増して情熱的で、猛々しさを感じるほどだった。

肩に腕を回されて抱き寄せられる。

張りのある筋肉に覆われた逞《たくま》しい胸板に身を預け、満たされた心地で秋成はほうっと息を洩《も》らした。イズディハールの温もりと匂いに包まれると安堵《あんど》する。体温で温められた白檀《びゃくだん》の香りがほのかに漂い、官能を擽られた。

「愛してる」

色香の滲《にじ》んだ声で耳元に囁《ささや》かれ、秋成はビクンと身を震わせ、唇を薄く開く。思わず喘《あえ》ぎそうになった。

「……私も」

愛しています、と続けたかったが、照れくさくて言葉にできなかった。いつも胸の内で繰り返し告げているのに、肝心なときにはうまく伝えられない。己の不器用さがもどかしい。

「きみは俺のものだ」

重ねて言われ、秋成は「ええ」と頷いた。身も心もイズディハールのものだ。

イズディハールの手がバスローブの襟を開かせ、秋成の胸元に差し入れられてくる。

肉付きの薄い平らな胸を手のひらで撫で回されて、あえかな声が零れた。

浴室のすぐ隣は秋成がいつも休んでいる寝室で、カバーを取って横になるだけに調えられたベッドがある。イズディハールはそこへ行くまでの時間も惜しむかのように性急だった。欲情を抑えきれなくなったかのごとく、露《あらわ》にした首に顔を埋め、湯上がりの肌に唇を滑らせる。

首筋や肩、顎の下、喉、とくまなくキスを散らして啄み、跡が付くほど吸い上げる。

「あっ、あ……、ん……っ」

襟元を大胆に崩されたバスローブは二の腕のあたりまではだけ、あられもない姿になっている。視線を落とすと、白い胸板に淡い肉色をした乳首がツンと突き出ているのが目に入り、そのあまりに物欲しげな様子に秋成は羞じらった。

「触ってもらいたそうだな」

それまでわざとのようにそこにかまわなかったイズディハールが、人差し指で突起を下から持ち上げるようにして弄《もてあそ》びつつ、秋成を辱める。

「や、めて……ください。あ、あっ」

入浴するときにも外さない小さなピアスが両胸で微《かす》かに揺れる。

粒を貫く金の輪に爪の先を掛けてクイッと引っぱられると、堪えきれない淫靡《いんび》な刺激が電気のように全身を撃ち、下腹部を疼《うず》かせる。

「アアッ、だめ、だめです……！」

身を捩《よじ》って指を避けようとしたが、腰に回されてきた腕でがっちりと捕まえられ、軽々と膝に抱え上げられた。

イズディハールに背中を預ける形で座らされ、太股《ふともも》を大きく割り開かれる。

「待ってください。こんなところで……あの、なさるおつもりですか」

秋成は狼狽《うろた》え、脚を閉じようとしたが、イズディハールの膝を跨《また》がされていて叶わない。腰紐だけでかろうじて前を合わせていたバスローブを着崩すばかりで、よけいしどけない姿を晒《さら》すことになった。

「誰も来ない。好きなだけ乱れろ」

艶《つや》っぽい声を聞かされ、秋成はゾクッと肌を粟立たせた。脳髄が麻痺《まひ》し、イズディハールが与えてくれる悦楽を期待して体が熱くなる。

腰紐を解かれ、バスローブを脱ぎ落とされる。

「……恥ずかしい……」

「綺麗《きれい》だ」

宥《なだ》めるように耳の裏にキスされ、耳殻を舌先で擽られる。

耳も弱みの一つで感じやすい秋成は、ビクビクと肩を上下させ、湿った息を洩らした。

「秋成。顔を上げて向こうを見てみろ」

肩を前から抱かれて顎を擡げられ、首を少し左に捻《ひね》られる。

あっ、と秋成は驚愕《きょうがく》して目を瞠った。

姿見に赤裸々な格好をした自分が映っている。真正面からではなく、斜めからの姿だが、カウチに腰掛けたイズディハールの膝を全裸で跨いで座る己を見せられ、秋成は顔から火が出るほどの羞恥を覚え、反射的に顔を背けた。

「嫌です、こんな……！　お願い、放してくださいっ」

「だめだ。俺に抱かれる自分を見ていろ」

今夜のイズディハールはかつてないほど意地が悪く、秋成を恥辱にまみれさせる。その分、愛情もたっぷりと感じさせるので秋成も強く抗《あらが》えず、本気で嫌いになることはもちろん、怒ることもできない。狡《ずる》いと思った。

「やっぱり、怒っていらっしゃるのですか」

「そういうことにしておこう」

イズディハールはふっと蠱惑《こわく》的に笑い、秋成の顎を摑み上げて唇を貪《むさぼ》るように塞ぐ。

強く吸い上げ、僅《わず》かな隙間をこじ開けて舌を差し入れてくる。

「んっ、……う」

荒々しく口腔《こうこう》をまさぐられ、秋成は眉を寄せて呻《うめ》き、唇をわななかせた。

敏感な口蓋を擽られると、じっとしていられないほど感じる。

のたうつ舌を搦《から》め捕《と》って引きずり出され、鏡に顔を向けさせられたまま濃厚なキスを交わす。

秋成は頑なに目を瞑《つむ》って見なかったが、耳は塞げず、ぴちゃ、ぴちゃ、くちゅっ、という猥《みだ》りがわしい水音がよけい意識されて、官能を刺激した。

濡れた口を離されても、透明な糸が互いの唇をしばらく繋《つな》いでいた。

薄く目を開いた秋成は鏡に映る己の惚《ほう》けた顔にカアッと赤面し、「い、いや……！」と咄嗟に叫んでしまった。

「あなただけ脱ぎもしないで、ひどいです」

「そのうち脱ぐ。一度きみを達《い》かせてからだ」

しっとりとした色っぽい声がズンと下腹に響く。

ここで極めさせられ、あろうことかそれを自分の目で確かめさせられようとしていることに秋成は動揺し、「そんな」と絶句する。

頭では嫌だと思うのに、イズディハールとのセックスに慣らされ、悦楽を享受することに目覚めた肉体は、このめったにない淫靡なシチュエーションにかえって昂《たかぶ》りだしていた。

「きみのここは充分その気のようだ」

開かされた脚の間で、硬度を増して頭を擡げ始めている陰茎を摑まれ、秋成は何も言えなくなった。

握り込んで丹念に揉みしだかれる。

「あ、あっ、あああっ」

ズリズリと薄皮を上下に扱かれ、完全に勃起《ぼっき》して剝《む》けた頭頂部を指の腹で撫で回される。括れや裏筋にもくまなく指先を這《は》わされ、秋成は気持ちよさに息を弾ませ、上擦った嬌声《きょうせい》を洩らして、イズディハールの膝の上で身悶《みもだ》えた。

「ここも前より大きくなったな」

「言わないでください」

以前であれば、男性器が目立つようになるのは望んでいたことだが、今そうなっても秋成は戸惑うばかりで素直に喜べない。

「きみの体はとても不思議だ。神秘的で、美しい。俺の性欲が増しても仕方がない」

綺麗だ、美しい、と言われるたびに秋成は自分の体を好きになる。他の誰にどう思われようと、イズディハールさえ気に入ってくれているのなら、このままでいいかと思え、自信が持ててくる。それが両方の性をそれぞれに発達させているのかもしれない。秋成自身にとっても、己の肉体は神秘で不可思議だ。医学的にどうかといったことは、もうあまり気にならなくなっていた。なるようになるだろうと、前向きに開き直っている。

尖《とが》った乳首を一方の手で摘んで嬲《なぶ》られながら、屹立《きつりつ》した男性器を扱かれるうち、切れ込みの奥がぬかるんできた。

じゅんと奥から熱い潤みが出てきて、股間を濡らす。

イズディハールは陰茎の根元を親指と人差し指で締めつけたまま、人差し指を花弁の奥の濡れそぼった柔襞《やわひだ》の中に差し入れた。

「ああっ、あっ」

じゅぷっ、とぬかるみに指を潜らせ、奥まで進める。

「い、いや……っ」

頭を振ったとき、またもや鏡の中の自分を見てしまい、秋成は悲鳴を上げた。

はしたなく開脚させられた股の間を、イズディハールに弄《いじ》られている。直接映ってはいなかったが、差し入れられた腕が動く様と秋成の腰や太股が妖しく揺れ、引き攣《つ》る様が、卑猥《ひわい》な想像を掻《か》き立て、まともに見るよりいやらしさを感じさせる。

とてもいけないことをしている気がして、秋成は猛烈な羞恥に襲われた。

「もうこのまま挿《はい》りそうだな」

イズディハールは秋成の上気した頬にキスすると、スラックスのファスナーを下ろした。

「少し腰を浮かせられるか」

このまま座位で貫かれるのは怖い気もしたが、奥の疼きが秋成に否と言わせなかった。

絨毯《じゅうたん》敷きの床に足を下ろし、イズディハールの膝からいったん下りる。

イズディハールはスラックスを下着ごと膝の中程まで下げ、硬くなっていた陰茎を手で軽く上下に扱いた。

「……私が」

秋成はイズディハールの足元に跪《ひざまず》いた。

「してくれるのか」

「はい。させてください」

目元が染まっているのが頬の上気し具合から自分でもわかる。

恥ずかしさもあったが、それより、イズディハールのものを手と口で可愛がり、気持ちよさげな息遣いを聞かせてほしい気持ちが勝っていて、躊躇いはなかった。

イズディハールは身を屈めて秋成の頭頂部にチュッとキスすると、そういうことなら、と途中まで下ろしていたスラックスと下着を脚から抜き去った。ついでにセーターも頭から脱ぎ、全裸になる。

秋成はイズディハールの脚の間に身を置いて、股間で猛々しく屹立している陰茎を口の中に迎え入れた。

指で根元を支え、膨らんだ亀頭から茎の中程まで含み、吸い上げる。

ふうっ、とイズディハールが艶っぽい息を洩らす。

硬く嵩《かさ》を増した陰茎が、秋成の舌の上でビクビクとのたうつ。

秋成は舌を閃《ひらめ》かせて亀頭の天辺の小穴を舐《な》め、擽り、敏感な箇所に辿《たど》らせる。

「ああ……秋成」

イズディハールの手が秋成の髪を梳《す》き、指に絡めて弄ぶ。

気持ちよさそうな声を聞かせてもらって、秋成は昂揚《こうよう》した。

じゅぷっ、じゅっ、と淫らな音を響かせつつ、口を動かして長く太い剛直を出し入れする。

窄《すぼ》めた唇で陰茎を扱くように締めつけ、舐めしゃぶった。

そのうち先走りが滲んできた。苦みのある味が口の中に広がる。

「秋成。もう、挿《い》れたい」

イズディハールに心持ち余裕を欠いた声で言われ、秋成は育ちきった陰茎を口から出した。

ぬらぬらといやらしく濡れそぼち、見るからに苦しげに張り詰めている。

「乗れるか」

やはりイズディハールは座ったままの姿勢で秋成と繋《つな》がりたいようだ。

秋成は躊躇いを押しのけ、今度はイズディハールと向き合う体勢でソファの座面に膝を突いて乗った。少し尻をずらして腰を前に出したイズディハールの胴を跨ぐ。

「少しずつ、ゆっくりでいい」

両手で腰を支えられ、秋成は唾で丹念に濡らした陰茎の先端に、花弁の奥のぬかるみを穿《うが》たせた。ずぷっ、と怒張が秋成の中に埋められていく。

「はっ、あ、あ……っ」

「秋成」

イズディハールの上擦り気味の声が秋成の欲情をさらに膨らませ、歓喜が鼓動を弾ませる。

どんなに濡れていても、秋成のそこはイズディハールの立派すぎる剛直を受け入れるにはまだまだ未熟なようで、裂けるのではないかと恐ろしくなるような苦しさを味わわされる。

一度奥まで収めてしばらく体を馴染ませれば抽挿も可能だが、そこまで持っていくのが大変だ。秋成もきついが、辛抱強く待たされるイズディハールも忍耐を要求されて辛《つら》いだろう。

それでも、最近は、後孔でする前に一度前でというパターンが手順のようになっている。

早くどちらでも同じくらいイズディハールを悦ばせられるようになりたい。そうなれば秋成自身も二重三重の快感を得られる。

ずずっ、と根元までイズディハールを受け入れて、秋成は乱れた息をついた。

「大丈夫か」

イズディハールが秋成の額の生え際に滲んだ汗を指先で慈しむように拭い去る。

秋成はふわっと微笑み、返事の代わりにイズディハールの首に両腕を回して抱きつき、唇に唇を押しつけた。

ちゅくっ、と形のいい唇を吸う。

すぐにイズディハールが舌を出してきたので、秋成も自分の舌を絡ませた。

唾液を舐め合い、幾度も絡ませ合う。

そのうち自然と腰も動きだし、徐々に抽挿が開始される。

「ああ、っ……あ、あっ」

イズディハールに下から突き上げられ、腰を回されて、秋成は嬌声を放って背中を仰《の》け反《ぞ》らせた。イズディハールの両手が秋成の腰をがっちりと支えてくれているので、落ちる不安は微《み》塵《じん》も感じない。

「秋成。秋成」

緩急つけた巧みな腰遣いで秋成の中を責め立てながら、イズディハールが熱に浮かされたような口調で言う。

「俺のものだ。誰にも渡さない」

そのあとに、つい口が滑ったかのように「ハミードにもだ」と言うのを聞いて、秋成はハッとした。

ハミードが秋成に道ならぬ想いを抱いていることを、イズディハールは承知している。

「悪い。忘れてくれ。言うつもりはなかった」

すぐにイズディハールも己の失言に気がつき、しまったと後悔した顔になる。

秋成は黙って首を横に振り、イズディハールに縋《すが》りついて肩に顔を埋めた。気にしないでください、吐き出したいことがあればなんでも聞きます——そう言いたかったのだが、うまく言

葉にできなかった。

「分けられるものは全部分け合ってきた」

秋成の奥を突き上げ、蜜壺《みつつぼ》のようにぬかるんだ中を掻き混ぜながら、イズディハールは秋成の気持ちを汲み取ったかのように再び口を開く。

「だが、きみだけは譲れない。どんなにハミードが望んでも、無理だ」

「ハミード殿下も、わかっておいでだと思います」

「ああ」

イズディハールはぎゅっと秋成を抱きしめてきた。

秋成からも抱き返す。

そのままイズディハールはラストスパートをかけ、秋成の中で射精した。

息を荒げ、吐息を交えながらキスをする。

秋成はイズディハールに今だけはハミードのことを忘れてほしかった。

ズルッと花弁を穿っていた陰茎を外して体を放し、床に下りて、絨毯の上で四つん這いになる。我ながら扇情的なポーズを取っていると思い、全身が赤らんでくるほど恥ずかしかったが、情動に衝かれるまま、なりふりかまっていられない心境だった。

「後ろにも……挿れて、ください」

「秋成」

イズディハールにも秋成がらしくない大胆な誘い方をしてきた気持ちが察せられたようだ。

感極まった声で秋成の名前を呼ぶと、洗面台の上部に造り付けられた薬棚からローションを取ってきて、それをたっぷり自分自身と秋成の秘部に施した。

指三本まで使って慎重に解して蕩《とろ》かしたあと、待ち兼ねたように猛った陰茎をググッと後孔に挿れてくる。

「アアアッ」

秋成は乱れた声を上げ、イズディハールを受けとめた。

再び体を繋げて、一緒に高みを目指す。

二度目にイズディハールが秋成の中で放ったとき、秋成も達して軽く意識を飛ばしていた。

その後あらためてベッドで抱き合ったが、喜悦にまみれて啜《すす》り泣かされっぱなしだったことしか秋成は覚えていなかった。

5

アヒムの帰国前夜にイズディハールの屋敷で催されるホームパーティーが仮装パーティーになったことは、イズディハールの口からアヒムに伝えてもらった。

昨晩、イズディハールが遅くまで秋成を寝かせてくれなかったのに加え、溜まっていた疲れが一気に出たせいもあってか、秋成は朝いつもの時間に起きることができなかった。

「きみはゆっくり休め」とイズディハールに労《ねぎら》ってもらったのに甘え、九時近くまでベッドに横になっていた。

アヒムに全部話して、率直に謝罪するのだと思うと、ずっと抱えていた重荷を下ろせてようやく楽になれそうだ。最後までアヒムに隠し事をしたまま別れるより、潔く軽蔑され、怒られたほうがいい。これまでにも何度か打ち明けようとはしたものの、タイミングが悪かったり、勇気が足りずに土壇場で退いてしまったりして、できなかった。だが、今度はイズディハールが背中を押してくれているので、きっと言える。

身支度を調えて居間に顔を出すと、アヒムが貸衣装業者に持参させた仮装用の衣裳の中から、今夜どれを着ようかと楽しく悩んでいるところだった。業者はイズディハールが手配したらしい。イズディハール自身は午前中また所用で出掛けており、戻りは昼の三時頃になりそうだと聞いている。多忙にもかかわらず、本来であれば秋成がするべき事柄にまであれこれ気を回してくれる。本当によくできた素敵な人だ。

居間に秋成が入ってきたことに気づいたアヒムは、

「お加減はもうよろしいのですか、妃殿下」

と秋成の体調を心配した。

「大丈夫です。すみません寝坊して」

「いえ、いえ。僕のことはどうかお気遣いなく。イズディハール殿下から仮装のお話を伺って、今度は何に扮そうかと迷っておりました」

ハンガーにずらりと吊された様々な衣裳を示してアヒムが嬉々《きき》とした表情を見せる。前にも話していたが、本当にこうしたお祭りっぽい雰囲気が好きなようだ。これだけ喜んでもらえるとやり甲斐がある。嬉しいものだった。

「妃殿下はもうお決まりですか」

「ええ。私は決めています」

秋成がさらっと答えると、アヒムは「えっ。お早いですね！」と意外そうにする。

「何をなさるのかお伺いしたいところですが、イズディハール殿下にもお互い秘密にしましょうと言われましたので、楽しみは後に取っておきます」

「どうぞごゆっくりご相談ください。お茶の時間までにはイズディハール殿下もご帰宅の予定ですので、そのときまたお目にかかりましょう」

秋成は、傍らで恭しく控えている業者の男性と、お針子らしき女性に向かって会釈し、「お邪魔してすみませんでした」と一言添えて居間を出た。

晩餐に出す食事のメニューや、テーブルセッティングについては昨日のうちに打ち合わせ済みなので、今日は滞りなく進められているかどうか確認するだけでよかった。今のところ何も問題は起きてなさそうだ。

秋成自身が着る怪盗紳士の衣裳は、現物を見ているドハ少尉に同じ感じのものを調達してもらうことにする。それともう一つ、別の衣裳も「できれば」と頼んでみた。

「畏まりました。お任せください」

ドハ少尉は深々と頭を下げて畏まる。

「それから、ご報告が遅くなりましたが、キャシーと名乗っていた女性と共謀していた二人組の男、及び、アヒム殿下と接触した人捜し専門業者こと便利屋稼業の男、昨晩全員警察に連行し、現在事情聴取中です。今回の件に関しましては大筋で認めております。アヒム殿下のご学友の従兄《いとこ》なる人物は、何も知らなかったようです。おそらく、上客に渡りをつけるために利用されていた良家のご子息、といったところではないかと思われます」

「そうでしたか。ご苦労様でした。ありがとうございます」

この件も、こちらでつけられるだけのカタはついているとわかり、安堵する。

ドハ少尉は、自分が女性を追いかけていって不在だった隙に、秋成たちが暴漢に襲われたことをずいぶん気にしていた。

「あの場にまだ仲間がいたとは、配慮が至りませんで、本当に申し訳ありませんでした。あろうことか、残していった部下は施設の警備員に不審な行動をしていると怪しまれ、足止めされていたそうです」

かえすがえすも面目ありません、と深く頭を下げて謝罪された。

「少尉に、彼女を尾《つ》けるようお願いしたのは私です。それに、私もいちおう元軍人の端くれです。いざとなったら自分の身は自分で守ります。今回は殿下共々無事でしたから、あなたが気に病む必要はありません」

「できましたなら、今後はもうこのような無茶はお控えいただきたく、なにとぞお願い申し上げます。殿下に釘を刺されまして、私も猛省いたしました」

「私も昨日、叱られてしまいました」

叱られたと言うには優しく、仕置きと考えるには甘く濃密すぎる罰だったが、イズディハールの静かな怒りと心配をひしひし感じ、秋成も反省している。

「あなたにまでお小言が行って、申し訳なかったです」

「ああ、いえ、そこは妃殿下にお謝りいただくことではございません」

「これからは私も分を弁《わきまえ》えた行動をするようにします」

「そう仰っていただけますと誠にありがたく、恐悦至極に存じます」

少尉は最敬礼して退出していった。

晩餐会で再び仮装することになって、覚悟はつけたつもりだが、やはり秋成は落ち着けず、気が漫《そぞ》ろのままお茶の時間まで自室で本を読んで過ごした。面白いと評判の文学賞受賞作品だったが、文章がなかなか頭に入ってこず、ページを捲《めく》っては戻り、捲っては戻りしながら少しずつ読み進め、章の区切りが付いたところで結局閉じてしまった。

正体を明かしたときのアヒムの反応も気になるが、それより秋成の頭を占拠しているのは、ハミードのことだ。

ハミードとはアヒムを空港で出迎え、王宮で歓迎の晩餐会が開かれたとき以降、顔を合わせていない。あのときも、他に人がたくさんいたので、ハミードとは以前彼から贈られた短剣の話をしたくらいだった。

昨晩のイズディハールの言葉が耳にこびりついて離れない。

秋成は誰にも渡さない、ハミードにもだ――言うつもりはなかったようなのに、つい溢《あふ》れさせてしまうほど、イズディハールは秋成を間に挟んだときの双子の弟との関係に苦しい思いをしている……。それがまざまざと察せられて、秋成も胸を引き絞られる心地がした。

ハミードの気持ちは、秋成も本人から告げられて承知している。

好きだ、俺と生きてくれないか、そう直截《ちょくさい》に求愛された。イズディハールとはもう会えないかもしれないという、二度とあってほしくない特殊な状況下での出来事だ。

イズディハールと同じ顔、同じ体、同じ声。これほど悩ましい相手がいるだろうか。

たとえイズディハールと永遠に別れることになったとしても、ハミードをすぐさま代わりに受け入れられるはずはない。けれど、辛抱強く口説かれ、傍に寄り添われ、面影を宿すという表現では生半可すぎる瓜二つの顔を見せられ続けていれば、いつか絆《ほだ》されてしまいそうで怖かった。ハミードのぶっきらぼうで冷淡な態度が不器用さゆえであり、実際はイズディハールに勝るとも劣らぬ深い情を持っているとわかってからは、ハミードを愛おしく思うようになっただけに、強く迫られたら最後は拒絶しきれなくなるのではと危惧《きぐ》している。

イズディハールもハミードを己の半身のように思いやり、慕っている。だからこそ、自分が秋成を得たように心底愛せる相手と縁があることを望むのだが、よもやハミードもまた同じ人を愛すとは想定外だっただろう。

分かち合えるものはなんでも分かち合ってきた。協力できることはしてきた。だが、これだけは譲れない、と言ったイズディハールの言葉はまさしく激白だった。

それでもイズディハールはハミードには何も言わず、いつもどおりの態度で接するだろう。

感情をコントロールすることにかけては、ずっと皇太子として帝王教育を施されてきたイズディハールのほうが上手だ。同い年であってもハミードのほうが次男で、自由奔放に育つことを許されてきたせいか、喜怒哀楽がわかりやすい。欲望を抑えることもあまりないようだ。明け透けで、口が悪く、傲岸不遜《ごうがんふそん》なところがあり、それが最初秋成は苦手だった。常に礼儀正しく紳士的なイズディハールとは対照的すぎたのだ。

今は秋成も以前と比べるとずっとハミードを理解できるし、好きは好きだ。だから、ぜひとも幸せになってほしい。

先日、王妃がちらりと話していたことが本当なら、ハミードにもいよいよ本命が現れたのかもしれない。なんなら、今晩催すパーティーに連れてきてもらってもいい。イズディハールも同意するだろう。ただし、ハミードはイズディハールに想い人ができたことをまだ告げていないようだ。ハミードに今誰かいると知っているならば、イズディハールは昨日あんなふうには言わなかったと思う。王妃の話もあくまで推測だった。複雑な事情のある相手なのか、そもそもが王妃の早とちりなのか、なんとも判断しづらいところだ。

ひょっとすると今夜ハミードの口から直接この件について聞けるかもしれない。よい報告があれば嬉しいのだが、あまり期待しすぎると、違っていたときの落胆が大きくなりそうなので、ほどほどに心積もりだけしておくことにする。

次にアヒムと顔を合わせたのは、三時にアフタヌーンティーのテーブルを囲んだときだった。緑が美しい庭園に面したテラスにテーブルを出し、アヒムが好きだと言う英国式の本格的なティータイムを愉しんだ。

十分ほど遅れて、帰宅したばかりのイズディハールも正装したままテーブルに着いた。

「これはまた素敵なお召し物ですね！」

アヒムは屈託のない笑顔で、イズディハールが着ているアラブの衣裳に興味津々《しんしん》だった。

「よろしければ、あとで民族衣装を着てみられますか。殿下とは背格好がほぼ同じですので、いくらでもお試しいただけますよ。なんでしたら、今夜の仮装はそこからお選びになってもいいかもしれませんね」

アヒムは「その手がありましたね！」と目を輝かせたが、すでにもう用意しているのでパーティーではそれを着ると言う。何に扮するのかは口にしなかったが、満悦した顔つきからして、パーティーでしかできない余興のような扮装を考えている様子だった。

「俺もう考えている。こういうのは学生時代以来久々だから、朝から少し浮かれているようだ。殿下にもおそらく一目でわかっていただける格好ですよ」

「まさか、女装ではありませんよね？」

学生時代にそれもやったという話がちょっと衝撃的で、秋成の頭から離れていなかったらしく、それが一番に浮かんだ。

「いや、さすがにそれはない」

そんなもの誰も見たくないだろう、とイズディハールが苦笑する。

秋成は実のところちょっと見てみたいと思ったのだが、いつか機会があれば、ということで、この場では何も言わずにおいた。二人きりのときに秋成だけに見せてくれるほうが秘密を共有できるようで嬉しい気もする。

アヒムもイズディハールもパーティーが始まるまでは扮装をとことん秘密にするつもりらしく、秋成も「私も内緒です」と言えたので助かった。

五時過ぎに、夜の支度をするために皆それぞれの部屋に引き揚げた。

秋成が自室に戻ると、ドハ少尉が手配してくれた衣裳がケースに入れられて積み上げられていた。タキシード一式に、踝《くるぶし》まで届くマント、シルクハット。ステッキや白手袋、モノクルなどの小物類も抜かりなく揃っており、サイズもすべて問題なかった。

いよいよだ、と軽く緊張してきた。

エンデ共和国で春祭りに参加したときのことがまざまざと思い出される。

やはりイズディハールと一緒だったらよかった、としみじみ感じた。いつかまた機会があれば、二人であの情緒ある風景を眺めながら、石畳を歩きたい。

晩餐会は食事室と続きの客間を使って行う。

いきなりそこに怪盗紳士の姿で現れるのは躊躇いがあったので、秋成は最初、『ローマの休日』でアン王女がインタビューに答えたときの場面の扮装をすることにした。その衣裳もドハ少尉がそっくりなものを用意してくれていた。

デコルテが大きく開いていて、胸のない秋成には少々着こなしづらいドレスだが、この役を演じた女優もそんなに肉感的な人ではなかったので、雰囲気はそれほど違わずになりそうだった。実祭に着てみると、胸元を飾る特徴的なリボン型のデザインが平らな胸元をカバーしてくれる。視線は大ぶりの首飾りに行くため、それにも助けてもらえそうだった。髪も自分で纏めてアレンジした。形だけは女優と似た感じになる。

八時から開始の予定だったので、少し早めのつもりで十五分前に客間に下りていったら、すでに二人いた。

一人は世界で一番有名なイギリスの名探偵に扮したイズディハールだ。こちらはもう、一目でわかった。ケープの付いたコートにお揃いの鳥打ち帽、手にはちゃんとパイプを持っている。もう一人は、イズディハールと同じ顔、同じ体格をしたハミードだったが、誰に扮しているのかはちょっと難しくてわかりづらかった。服装や宮廷ふうのカツラから、十八世紀あたりの貴族かブルジョワジーの扮装だろうとまでは推察できるが、何者なのか特定するだけの知識は秋成にはなかった。膝丈の長上着に、ドレスシャツの共布を大きくリボン結びにした衣裳は華やかで、よく似合っていた。半ズボンとタイツも穿《は》きこなしていて、さすがだと感心する。

双子の兄弟は、二人きりでいるとなんの確執もなさそうに、穏やかな雰囲気の中、談笑している。二人の関係がぎくしゃくするのはいつも秋成を巡ってだ。本来は仲睦まじい兄弟の不和の原因が自分だと思うと心苦しい。自分にはどうすることもできないのが歯痒《はがゆ》かった。

せっかく二人が楽しげにしているところに割って入っていいのだろうか、もう少し経って出直すほうがいいのではないかと躊躇うちに、二人がほぼ同時にこちらを振り向いた。

「ほう」

「これは、これは」

イズディハールとハミードは開け放たれたままの扉から入ってきた秋成を見るなり、目を細め、感嘆しきった声を上げる。

「アン王女。お美しい」

ハミードが仰々しく胸に手を当てて腰を折る。

華やかな宮廷風の衣裳に身を包んだハミードがそうすると、一際芝居がかって見え、秋成は気恥ずかしさでいっぱいになった。

アン王女とさっそく呼びかけられて、秋成は居たたまれなさからたじろぎ、一歩後退って二人の許へ行くのを尻込みしてしまう。

そこへ、名探偵に扮したイズディハールが颯爽《さっそう》とした足取りで歩み寄ってきて、長手袋をした秋成の手を取り、恭しく唇を落とす。

「このままベッドに連れ去って押し倒したいほど綺麗だ」

「……あなた」

恥ずかしいです、と頬を染めてはにかむ秋成を、少し離れた場所からハミードがじっと見つめる。秋成のほうから思い切って目を合わせると、ハミードは気まずげに視線を逸らし、安楽椅子の背凭れを手のひらで軽く叩《たた》いてから、意を決したようにやおらこちらに近づいてきた。

「そういう格好も似合うんだな」

ハミードは、今度は揶揄を込めたまなざしで秋成の全身をしげしげと見やり、皮肉めいた口調で言う。

「ようこそおいでくださいました。お早いお着きでしたね」

秋成は恭しく腰を折ってハミードに挨拶をした。

「ああ。きみの仮装が早く見たくてな」

相変わらずどこまで本気で、どこから冗談なのかわかりづらい。秋成は控えめに微笑んでみせ、やり過ごす。

ハミードも軽く肩を竦《すく》め、秋成にしつこく絡むようなまねはせず、仮装の話はさっさと切り上げた。

「今夜は男性率の高い集まりになりそうだったので、花を添えてもらうために俺の第三秘書をしてくれている女性を連れてきた」

ハミードに言われて、秋成は客間の隅に控えめに立っている女性の存在に遅ればせながら気がついた。

上品な光沢のあるダークグリーンの膝丈のドレスを着ている。

理知的な顔つきをした物静かな印象の女性だった。色白で、アップにした髪が艶やかで美しい。清楚《せいそ》な感じで好感が持てた。

「サニヤ」

ハミードが声をかけると、サニヤと呼ばれた女性秘書官は遠慮がちな足取りで三人のいるところまで歩み寄ってきた。ヒールの高い靴にあまり慣れていないのか、単に緊張しているだけなのか、足取りが少々ぎこちない。

イズディハールとはすでに面識があるようで、ハミードはサニヤを秋成にだけ紹介した。

サニヤは秋成とまともに視線を合わせるのも畏れ多そうにする。美しすぎて正視できない、とまことしやかに言っていたアヒムを思い出す。最初の頃のアヒムとよく似た反応の仕方だった。どうやらサニヤは普段は眼鏡をかけるらしく、目頭に近い鼻の両側に跡がうっすら付いているのが見てとれた。

挨拶がすむとサニヤは再び壁際に退いた。

ハミードも何も言わない。

もしかすると、彼女がハミードの想い人なのではないかと一瞬脳裡を掠《かす》めたのだが、あまりそんな雰囲気でもなさそうだ。違うのかなと、秋成はちょっとがっかりした。

「ちなみに、ハミード殿下のその扮装はどなたのものなのですか」

「わからないのか。心外だな」

ハミードは呆れたように顰《しか》めっ面をしてみせる。

「これはロベスピエールだ。マクシミリアン・フランソワ・マリー・イジドール・ド・ロベスピエール」

「ああ、その方は存じております。フランスの革命家ですね」

聞かなければわからなかったが、聞くとすぐに納得がいく。どうやら、誰だかすぐにはわからない人物に扮して「誰ですか」と訊ねられることを前提にした仮装をしたらしい。どこか斜に構えて捻くれたところのあるハミードらしいと言えばらしかった。

「皆さん、もうお揃いでしたか」

そこへアヒムが姿を現した。

「おお、チャップリン！」

イズディハールが朗らかな声を出す。

こちらはイズディハールの名探偵同様、一目瞭然だ。祭り好きを自認するアヒムならではの凝りようで、鼻の下の髭《ひげ》までそっくりだった。ただし、いかんせん本人が男前すぎるので、ずいぶんスタイルがよくてかっこいい仕上がりにはなっていた。山高帽とステッキがなければ、まったく違った人物に見えたかもしれない。

仮装をしたおかげでのっけから晩餐会は盛り上がった。

食事のテーブルに着くとき、ハミードはサニヤをエスコートし、自分の隣に座らせた。反対隣にはイズディハールが着く。秋成とは斜《はす》向かいの位置だった。

さりげなく二人の様子を見ていると、ハミードはサニヤに気を遣い、場に溶け込みやすいように頻繁に話しかけていた。サニヤのほうは明らかにハミードを意識していて、皇太子殿下に付き従う秘書官というより、一人の女性として傍にいる気がする。王妃がもしかしてと思ったのは、二人が一緒にいるとき醸し出すこうした雰囲気に感じるところがあってのことだったのかもしれない。

なんとなくサニヤとの関係はハミードに率直に聞きにくく、ハミードのほうも秘書だという以外の説明をする気はなさそうだったので、イズディハールもアヒムも突っ込んだ質問は控えている節があった。触れてはいけないような微妙な空気感が漂っていて、秋成も差し障りのない話以外しづらかった。サニヤ自身は、誰かに話を振られると言葉少なに返事をするが、自分からは決して口を開かない。あくまでもハミードの秘書として末席にお邪魔させていただいている、という態度に徹していた。

秋成はサニヤが居心地の悪い思いをしないよう、細やかに気を配り、気さくに話しかけて場に溶け込めるよう心を砕いたつもりだが、うまくサニヤをリラックスさせられたかどうか自信がない。

ただ、食後のコーヒーが出されたとき、紙巻き煙草を一本吸ってくると言って席を立ったハミードが、秋成の背後を通る際、

「気を遣わせて悪かったな」

と肩を一叩きしてくれたので、少し安堵した。

そのときサニヤはイズディハールに話しかけられてこちらを見てはいなかったが、なんとなく、目の端で秋成とハミードを意識していた気がする。イズディハールのほうは、この程度で気分を害したり動じたりした様子はなかった。

晩餐後は客間に場所を替え、思い思いに寛《くつろ》ぎながら歓談する運びとなった。

そこで秋成は、しばらく席を外させていただきます、と皆に断りを入れた。

「実は、もう一着仮装を用意しておりますので、そちらに着替えてすぐに戻って参ります」

「おお。今度はどのようなお姿を拝見できるのでしょう」

「……ほう。それは楽しみだ」

アヒムが喜色満面で言ったのに続けて、ハミードも興味深げに目を細める。

「手伝おうか」

イズディハールが神妙な面持ちで、一人で大丈夫か、と目で問いかけつつ申し出てくれる。

「いいえ、大丈夫です。あなたは皆様とこちらにいらしてください」

秋成は微笑を浮かべてきっぱりと答えた。

「わかった」

イズディハールと秋成の会話を、ハミードは遠くを見るような虚ろな目をして聞いていた。

そっぽを向いてはいたが、耳を欹《そばだ》てているのが秋成にはわかった。おそらく、イズディハールも気づいていただろう。そして、そのハミードを、サニヤがせつなくなるようなまなざしで見つめており、秋成はドキリとしてしまった。

ハミードの気持ちは定かでないが、サニヤのほうは間違いなくハミードを想っている。そう確信した。

秋成の着替えで、いよいよ晩餐会は大詰めだ。

エンデの春祭りのときとほぼ同じ姿で秋成が客間に戻ると、アヒムは弾かれたように安楽椅子から立ち上がり、奇声を上げた。

「えええっ」

アヒムの驚き様は秋成の予想以上だった。

「ち、ちょっと待ってください……！　え……？　えっ？」

何がなんだかわからない、とアヒムはパニックを起こしたかのごとく客間をウロウロと落ち着きなく歩き回りだす。

その様がチャップリンの扮装と相俟《あいま》って妙にしっくりきていた。

「それ、あの、怪盗紳士ですよね。ああ、そうか、殿下の名探偵とペアなんですね。わかります。……わかるんですが、でも……、それ……」

あまりにも動揺させてしまったことに困惑し、秋成はどう声をかければいいか悩んだ。

「アヒム殿下」

イズディハールがアヒムの肩を抱き、足を止めさせる。

「エンデの祭りであなたがお会いになったのは、私の妻です」

なんの躊躇いもなく、秋成に代わってイズディハールが疑問の余地を差し挟む隙のない断固とした口調で言う。

「ああ……やっぱり、そういうことなのですか……」

アヒムは惚けたような表情で秋成とイズディハールを交互に見やる。

軽く開きっぱなしにされた口から、諦念に満ちた溜息が長々と洩らされる。

秋成は大股でアヒムの傍に行くと、深々と頭を下げ、真摯に謝罪した。

「殿下。ずっと黙っていて申し訳ありませんでした」

「妃殿下」

秋成がいつまでも頭を上げずにいると、アヒムは我に返った様子で慌てだした。

「もうそんなに謝っていただかなくて結構です。どうか、頭をお上げください」

アヒムの許しを得て秋成はゆっくりと姿勢を正した。

「そうか。そうでしたか。なるほど。ようやく全部理解できました」

アヒムはまだ驚きから冷めきれない様子だったが、元々鷹揚な人柄らしく、怒りはしていなかった。

あらためて秋成の全身を、シルクハットを被った頭の天辺から、黒光りする男性ものの靴を履いた足元までしげしげと見やる。

「いやぁ……すみません、こうして妃殿下だと知った上で向き合っても、僕には完璧に男性に見えてしまいます。歩き方からして、妃殿下とは別人ですよね」

「私、結婚前はザヴィアで軍務に就いておりました」

秋成は臆さずに話せることはすべて話す決意をしていた。

イズディハールが秋成の手をしっかりと握りしめてくる。勇気を注いでもらっている気がして心強かった。

「それでバイクにもお乗りになるし、武道の心得もおありになるわけですか。歩き方も変えられるのですね」

「最初にこの扮装で偶然お目にかかったときは、決して殿下を騙そうなどというつもりはなかったのですが、結果的に惑わせることになってしまい、反省しています」

「あぁ、いや、僕も一方的すぎる気持ちを抱いて、ご事情も考えずに捜そうとしていたのですから、非はこちらにもあります」

「なるほど、俺にもようやく事態が呑み込めてきた」

それまで成り行きを静観していたハミードが、話が一段落したと見て、割って入ってくる。

「きみは相変わらず罪作りだな、エリス」

ハミードはふっと皮肉っぽく笑って秋成を冗談っぽく詰《なじ》った。

「男装しても女装してもその臈長《ろうた》けた美貌、アヒム殿下が惑わされるのも無理はない。殿下、俺も実は兄上と結婚する前のエリスに密《ひそ》かに惚《ほ》れていたことがあるのですよ。あいにくエリスは兄上以外目に入っていなくて、俺は告白することもできずに失恋しましたが」

「ハミード殿下……！」

「よさないか、ハミード。悪趣味だぞ」

動揺して言葉を詰まらせた秋成の言葉を引き継いで、イズディハールが窘《たしな》める。

イズディハールは普段と変わらず冷静で落ち着き払っているようだったが、僅かに頬肉を引き攣らせたのを見て、秋成は気が気でない心地になった。

「冗談ですよ」

ハミードはクスクス笑って矛先を躱《かわ》す。

冗談だと言うが、本心はそう単純ではないのだろう。胸中穏やかでなさそうなのは、すぐに視線を逸らして襟元の大きなリボンを弄りだしたことから察せられた。結婚前の話を持ち出したことで、いろいろと苦い記憶が甦ったのかもしれない。完璧に男装した秋成の姿に思うところがありそうだが、秋成にはハミードの心中は量りがたかった。

「さぁ。妃殿下のお色直しで皆が驚き、感服したところで、そろそろ無礼講といきますか」

最後はハミードがその場を仕切りだした。

「サニヤ」

ハミードに呼びかけられて、それまで皆から存在を忘れられたかのごとく、一人隅でひっそりと立ち尽くしていたサニヤが、ハッとした様子で俯けていた顔を上げた。

「は、はい」

何か考え事をしていたらしいサニヤが、我に返って狼狽えるところを秋成は初めて見た。

「持参した物を取ってきてくれ」

「畏まりました」

サニヤが急ぎ足で客間を後にし、玄関ホール脇の控えの間へ向かうのを見送って、ハミードは悪びれない口調で言った。

「手土産にとっておきの貴腐ワインをこっそり持参した」

「そういうところは相変わらず抜け目がないな、ハミード」

「ええ。褒め言葉と受け取らせていただきますよ、兄上」

「お二人は本当に仲がよろしいですね。僕なんか長兄とまったくウマが合わなくて、顔を合わせてもお互い嫌な気持ちになるだけですよ」

アヒムが心底羨ましげに言う。

「私もときどきお二方が羨ましくなります。私には兄弟は一人もいませんので」

秋成も日頃思っていることを言った。

イズディハールとハミードは秋成の言葉を聞いて、ごく自然に顔を見合わせた。

そして、ふっと同時に微笑む。

兄弟が笑みを交わすところを目の当たりにできて秋成は嬉しかった。

この先何が起きようと、二人には決して仲違いしてほしくないと思う。そのために自分ができることがあるなら、なんでもする。秋成はそう心に誓った。

「お待たせいたしました」

サニヤがワインボトル入りの紙袋を手に戻ってきた。

ハミードが慣れた手つきで栓を開け、グラスに注ぎ分ける。

サニヤは「私は飲めませんので」と遠慮して、乾杯の輪にも加わらなかった。このときもハミードは何も言わなかった。

二人の関係は、仕事上の上司と部下の関係以上ではある気がするが、恋人というまではいかない、まだそんな段階のようだ。雰囲気は悪くない。あとはハミードの気持ち次第だろう。サニヤは芯のしっかりとした素敵な人だと思う。少し話しただけだが、受け答えの仕方や、立ち居振る舞いなどに好感を覚えた。秋成は二人の仲が進展するのを祈る心地になっていた。

「これは美味しい。よいワインですね」

怪盗紳士の正体が秋成だとわかってさんざん動顛していたアヒムも、徐々に本来の明るく屈託のない性格を取り戻し、踏ん切りをつけて最後の夜を楽しむ余裕が出てきたようだ。

秋成自身、ようやくアヒムに怪盗紳士が自分だと打ち明けられてすっきりした。

アヒムに兄弟仲のよさを羨ましがられたのをきっかけに、イズディハールとハミードの間に一瞬流れた、秋成を挟んでの剣呑《けんのん》な空気は概ね払拭されてはいた。しかし、ハミードの表情はどこか硬く、ときおり翳《かげ》るときがある。胸の内の苦しさを必死に抑えつけているようなのがふとした拍子に感じとれ、心配は尽きなかった。イズディハールも気づいているのか、ハミードを見る目は複雑そうだ。

きっとそのうち時が解決してくれる。

秋成にはそう信じることしか今のところできそうにない。

晩餐会は日付が変わる頃、お開きになった。

＊

翌日、アヒム・トゥルンヴァルト王子はシャティーラを発った。

去り際、秋成と握手して、

「次は努力をすれば結ばれる可能性のある方に恋をします」

と爽やかに笑って言ってくれたのが、秋成の心を軽くした。

気さくで、人柄のいい好青年だった。

「ぜひまた遊びにいらしてください」

おかげで秋成も心からそう言えた。

「はい。妃殿下も、機会がありましたらぜひイズディハール殿下とご一緒に我が公国へお越しください。最大級のおもてなしをさせていただきます」

「ぜひ機会を作りましょう」

イズディハールもアヒムの両手をしっかりと握って受け答える。

「どうぞ、お気をつけて」

最後にハミードとハグをして、アヒムは機上の人になった。

アヒムを乗せた民間機が離陸するのを、ラウンジの特別室から窓越しに見送る。

一迅の風が通りすぎていったような感じだったが、最後はうまく収まるところに収められてよかった。

「帰ろうか」

イズディハールが秋成の肩をしっかりと抱いてくる。

「これからきみに贈った別邸で、俺の得意料理を作ってやろう」

続けて、「夜はきみを食べさせろ」と耳元で囁かれ、秋成はじわっと顔を赤らめた。

すでにハミードの姿はラウンジになかった。

離陸を見届けると同時に、窓際に並んで立っていた秋成とイズディハールを置いて、先に帰ってしまったようだ。

やはりハミードとイズディハールの関係は以前と完全に同じではない気がする。決して仲が悪いわけではないが、一心同体と言えるほどしっくりきているわけでもない。どこかでボタンを掛け違ったような据わりの悪さ、ぎくしゃくした雰囲気を感じることが増え、秋成は辛かった。自分のせいではないかと思えて胸が痛む。

「ハミードは今少しだけ俺たちと距離を置きたいようだ」

気を揉む秋成の心境を汲んだかのようにイズディハールがポツリと言う。

「ハミード自身の問題だ。きみが気にする必要はない。気にしたところでどうにもならない」

イズディハールは秋成の目をひたと見据えてきた。

「はい」

秋成もしっかりとイズディハールの目を見つめ返す。

「私は、あなたを愛しています」

「ああ」

イズディハールはそこでいったん言葉を句切り、嗚咽《おえつ》を呑むように微かに喉を上下させた。

「俺もきみを愛している」

一呼吸置いて続けたイズディハールの瞳は、気のせいか潤んでいたようだった。

＊＊＊

「兄上。秋成。どうやら俺に子供ができるようだ」

ハミードの口からそんな驚きの発言を聞かされたのは、秋口のことだった。

誰との、とは聞くまでもなかった。

サニヤは現在妊娠三ヵ月とのことだった――。

禁忌の恋　無償の愛

四月下旬から五月頭にかけての約十日間、ハミードは国王陛下の代理で地方都市六カ所を回る公務に就いた。

元々ハミードは自分を双子の兄イズディハールの影のような存在だと捉えており、卑屈になるのではなく、ある意味気楽に次男としての立場を愉しんできた。敬愛できるしっかり者の兄がいるからこそ比較的自由度が高く、周囲の目も甘かったと思う。

しかし、イズディハールに替わって皇太子の座に就いてからは環境が一変した。

本来、表に立つのはあまり好きではないのだが、そうも言っていられない。

せめてもの救いは、不得手な外交をこれまでどおりイズディハールが引き受けてくれることだ。どうもハミードはイズディハールと比べると直情型で、駆け引きや腹芸が苦手だ。ここ数年来、その複雑で煩雑な政務を担い、辣腕《らつわん》を振るってきたイズディハールに、今後も外交関係の公務を任せられるだけ恵まれている。ハミード自身もまた治安維持と軍事関係の最高責任者を兼務する形を継続しているが、皇太子としての公務が増えてきたこともあって、最近は名ばかりになりつつある。

ほぼ同じ時に生を受けておきながら、一国の元首の長男と次男の差は途方もなく大きい。そのことをハミードは立場が変わって痛感させられている。皇太子とはかくも重い責務を負っているものなのか、イズディハールはこれまでずっとこの重圧に耐えてきたのか、と愕然《がくぜん》とした。絶大な力を持つということは、厳しい義務を背負い束縛されるということだ。端から見ているだけでは想像もつかない労苦に雁字搦《がんじがら》めにされ、常に己を律し、王室のため、国民のために行動することを求められる。なんでも分かち合ってきたつもりだったが、イズディハールの背負わされた大きすぎるものの存在を全然理解できていなかった。今まで暢気《のんき》に過ごしてきた己が恥ずかしくなる。よもや自分に回ってくるとは思いもしなかった皇太子という地位に就き、ハミードはあらためてイズディハールの偉大さに気づかされた気持ちだった。

それまで一介の王子として育てられてきたハミードが、いきなり完璧な皇太子になるのは難しい。けれど、引き受けたからには最大限の努力はしなくてはならないと強く決意し、この一年間切磋琢磨《せっさたくま》し、勤しんできた。

中央を離れ、地方の都市を泊まりがけで訪問するのは今回が初めてだ。

砂漠に近いところには、部族ごとに纏まった自治色の強い地区があり、部族長と王室の間には様々な事柄において暗黙の了解による均衡が保たれている。特に大きな集団を率いる部族長との面会には大変気を遣う。都心から離れれば離れるほど自治が進んでいて、国王の言葉ではなく族長の意向に従う、という者も多い。

ハミードは昔から公式の場以外でも民族衣装を身に纏っていることが多かったせいか、民族主義を重んじる地方の豪族たちの間で特に好意的に見られていて、どこへ行っても皇太子であること以上の敬愛と親しみを持たれ、破格のもてなしを受けた。

夜は必ず宴会で、族長や豪族の娘たちがずらりと侍《はべ》る。中には、まだほんの子供ではないかと思うような幼そうな人もいて、これには正直ハミードも参った。

辺鄙《へんぴ》な地方には王族を泊められるだけの宿泊施設はなく、必然的に族長の屋敷にお世話になることになる。すると、頼みもしないのに夜中に美しい娘が部屋までやってきて、湯浴《ゆあ》みの手伝いやマッサージをしようとする。

行く先々で同じ目に遭うので、独身だとこうも面倒くさいのか、とうんざりした。

ハミードの気持ちは相変わらず一人の人に向いている。

決して手に入らない相手だと思えば思うほど、心は天の邪鬼になり、諦めるどころかいっそう恋情は増すばかりだ。

最近、ハミードは自分が恐ろしい。

そのうち制御が利かなくなって、せめて体だけでも、と後先考えずに秋成《あきなり》を力尽くで奪い、己のものにしたくなるのではないか。本気で危惧《きぐ》し始めてから、ハミードは秋成と会うことを極力避けている。

最後に秋成と会ったのは二週間あまり前だ。イズディハールと共に欧州の数カ国を親善訪問して帰国した際、空港で出迎えた。時間にすると十分にもならない短さで、秋成とは言葉も交わさなかった。姿を見ただけで胸が締めつけられるような苦しさを覚え、まともに目を合わせるのも憚《はばか》られるほどだった。

少し距離を置いて頭を冷やしたほうがよさそうだと頭の中で警鐘が鳴り、以来、ハミードは極力秋成のことを考えまいと努力している。

理性では、あの人は兄嫁だと重々承知しているのに、会うと気持ちが暴走しそうになる。当面は避けられる限り秋成と顔を合わせないようにし、せめてもう少し心が落ち着くのを待つほかなさそうだ。

誰か、男でも女でもかまわない、秋成以上に好きになれる相手と巡り逢わせないものか。婚約までして結局だめになったファイザのときは、半ば自棄を起こしていて、誰でもいいと思ってのことだったが、さすがにもうあの轍《てつ》を踏む気はない。あくまでも好意を抱ける人でなければ、どこまでいっても秋成を求める気持ちが薄れず、かえって辛《つら》いだけだとわかった。世の中にはこれだけたくさんの人がいるのだから、いつかきっと、秋成を忘れさせてくれるほど愛せる人と出会えるはずだ。今はそう信じて辛抱強く待つしかなさそうだった。

残念ながら、行く先々で引き合わされた数多《あまた》の女性の中に、ハミードの心を揺さぶる人はいなかった。

今回最後の公務になるレセプションへの出席を終え、宿泊先のホテルに戻ったのは、午後十一時過ぎだった。

首都から千キロ以上離れているが、地方都市の中では五本の指に入る規模の街で、ホテルも王族を迎え慣れた由緒あるところが用意されていた。

　歓待のアレンジメントフラワーやシャンパン、フルーツといった心尽くしが置かれた居間のソファに腰を下ろしたハミードの傍らに、筆頭秘書官を務める四十代半ばの男性が畏まって進み出る。

「お疲れのところ大変申しわけございません。本日の予定はすべてつつがなく終了いたしました。明日は午前八時にこちらを出立いただき、専用機にて首都ミラガにお帰りいただくことになっております。朝食はルームサービスを手配してよろしいでしょうか」

「ああ。エッグ・ベネディクトと濃いめのコーヒーを頼む」

「畏まりました。他に何かご用はおありでしょうか」

「あれば内線をかける」

　はっ、と恭《うやうや》しくお辞儀をして、第一秘書の男性は部屋から退出する。ドア付近に控えていた侍従と第三秘書、壁際に直立不動で周囲に目を光らせていたボディガードも後に続き、広いスイートルームにハミードだけになった。

　ハミードは一人になるとふっと一息つき、頭に被ったカフィーヤを外してディシュダシュの上に羽織った裾の長い上着を脱いだ。それらを無雑作にソファの背凭《せもた》れに投げ掛けたまま、浴室に行く。円形の大きなバスタブに湯を張りながら、光沢のある絹地の白いディシュダシュを脱ぎ落とし、裸になる。

鏡に映った己の肉体をちらりと一瞥《いちべつ》して、すぐにガラス張りのシャワーブースに入った。

前ほど体を鍛える時間を取れないのが残念だが、今のところ筋肉は目立った衰え方をしていないようだ。ただ、心持ち痩せた気はする。先日イズディハールと王宮で会ったとき、体重が減ったのではないか、とこのところの激務を心配する言葉をかけてもらったが、曖昧に笑ってごまかした。むしろハミードにとっては忙しくて考え事に耽《ふけ》る暇がないほうが精神的に楽だ。体重のことだけでなく、ハミードのそうした胸の内までイズディハールには察せられているのかもしれない。

頭からシャワーを浴びて髪と体を丁寧に清め、ちょうど適度な湯量が溜まったバスタブに身を沈める。

どうすれば秋成をただの一人の人間として見られるようになるのか。恋愛感情だけ消し去って、家族として接せられるようになるのか、ついつい考えてしまう。いっそ何も考えないほうがいいに違いなかったが、それがなかなかできない。

ロサンゼルスにイズディハールと一緒に留学していた学生時代は、イズディハールの目を盗んで次から次へと自由で気軽な恋愛を愉しんでいた自分が、うかうかしているうちに先を越され、今では禁断の恋に雁字搦めにされて身動き一つ取れなくなっている。一方、イズディハールはといえば、当時はひたすら真面目に勉学に励み、女の子を紹介されてもあくまでも紳士的にエスコートしてキス一つせず自宅まで送り届けるようなカタブツだったのに、いざとなると決断が早く、秋成に率直に求愛し、様々な障壁を乗り越えて己の愛を成就させた。

「まさかこんなことになるとは想像もしなかった。あの頃の自分に、調子に乗るな、と言ってやりたいくらいだ」

リラックス効果のあるオイルを混ぜた湯を掬《すく》って肩に掛けつつ、ハミードは独りごちた。

イズディハールが秋成に一目惚《ぼ》れして柄にもなく逆上《のぼ》せあがっていたのは知っていたが、なにしろ秋成には問題がありすぎたし、イズディハールは皇太子としての責務をなにより大事にする極めて常識的な人間なので、よもや秋成を正妻にするとまで決意していたとは思いもしなかった。

ハミードも、秋成に冷淡な接し方をしながらいつのまにか惹かれていたが、一王子としての立場でも秋成と結婚しようとまでは考えなかった。ハミードにとって秋成はどちらかといえば男だったし、今でもあまり女性としては見ていないかもしれない。同性愛は建前上禁じられているが、ハミードはロサンゼルス時代に男の味を覚え、何人かとかなり親密に交際した経験がある。別れ話の縺《もつ》れから刃傷沙汰《にんじょうざた》になりかけたことまであったくらい経験豊富だ。

秋成に対する意識の差が接し方の違いに表れ、秋成の中にはイズディハールしかなかったのは認めざるを得ない。ハミードは秋成に選ばれる以前に、そもそも眼中に入っていない存在だったのだ。悔しいが仕方がない。不器用な性分で、秋成に優しくするのが照れくさかった、などと言い訳しても今さらだ。

ハミードは未練がましい思いを断ち切るように首を振り、濡《ぬ》れた髪から雫《しずく》を飛び散らせた。手櫛《てぐし》で荒々しく髪を掻《か》き上げ、浴槽から出る。

濡れたままの裸体にバスローブを羽織り、洗面台に立ってドライヤーを使う。

髪を乾かしているうちに、軽い空腹を感じてきた。

レセプション会場にはブッフェ式の食事が用意されていたが、次から次へと地元の名士たちが挨拶に来るので、食べる暇がなかった。

何か胃に入れないと中途半端な時間に目が覚めてしまいそうだ。

ハミードは受話器を上げて、侍従や秘書官たちが待機している部屋に内線電話をかけた。

ここには夜通し交替で誰かが詰めており、すぐに女性の声で応答がある。

『いかがなされましたでしょうか、皇太子殿下』

第三秘書を務めるサニヤだ。ハミードの脳裡《のうり》に物静かで地味な女性の顔が浮かぶ。

ダークブラウンの長い髪を後ろでそっけなく一括《ひとくく》りにして、実用性重視の野暮ったい眼鏡をかけた、おとなしい女性だ。仕事をバリバリこなすのかというとそういうわけでもなく、ただひたすら真面目に、一つ一つの作業を丁寧にやり遂げる。誠実さが取り柄で、落ち着いた物腰と気配りの行き届いた優しい雰囲気に癒されることはあっても、いわゆる有能なタイプではない。中産階級の家の出だと聞いており、王室担当の事務職に就いたのは採用試験に好成績で合格するという正規のルートを経てのことらしい。相当な努力家なのだろう。本人を見てもまさにそんな感じがする。皇太子付きの秘書官は三名いるが、サニヤは今春他部署から異動してきたばかりの新人で一番経験が浅く、今のところ主に雑用を担当しているようだった。

「遅くに悪いんだが、腹が減っていて眠れそうにない。サンドイッチか何かちょっと摘めるものを持ってきてもらえないか」

『畏まりました。すぐに御用意いたします』

ホテルのルームサービスは二十四時間行われている。夜間も軽食が提供されているはずなので、三十分も待てば届けてくれるだろう。

幸い、明日はもう帰途に就くだけだ。少々夜更かししても支障はない。

夜食はハミードの予想より早く、サニヤに頼んだ十五分後には部屋に運ばれてきた。

「失礼いたします」

ハミードがドアを開けると、サニヤがワゴンを押して入ってくる。このフロアは、ハミードが滞在している間はホテルの従業員ですら立ち入りを制限されており、王室側の職員で対応できることはすべてすることになっている。

「すまないな、こんな時間に」

「いいえ。とんでもございません」

サニヤは狼狽《うろた》え、ギュッと身を硬くする。

激しく緊張しているのが伝わってきて、申し訳ない気持ちになる。もっと普通に接してくれてかまわないのだが、言えば言うほどサニヤは恐縮してしゃちほこばりそうだ。サニヤの立場になってみれば、必要以上に身構え、粗相のないようにとぎくしゃくするのはわからなくもない。むしろここは何も気づいていないかのごとく振る舞うほうがいい気がしたので、ハミードはへたに気遣うのはやめた。

「そこにセットしてくれ」

ソファの前のセンターテーブルを示して頼む。

サニヤが畏まって、ワゴンに載せてきたサンドイッチが盛り付けられた皿やナプキン、カトラリー類を並べている間、ハミードは窓辺に立って背中を向けていた。

窓の外は、幹線道路を照らす街灯や車のライト、ビルの看板やネオンといった、ある程度の規模の都市ならどこでも見られる風景が望める。

ハミードはそうした景色にはなんの感慨も湧《わ》かず、ガラス窓に映るサニヤの様子をなんとなく見ていた。

サニヤに興味があるわけではないのだが、ほぼ毎日のように顔を合わせる秘書官が自分と二人きりだとこうも硬くなるのが珍しく、どうしたら彼女の気持ちを解してやれるだろうと思案した。べつにハミードは彼女にきつく当たりはしないし、無理難題を要求しもしない。少々行き届かないことがあったり、無礼を働かれたりしても、大昔ならいざ知らず、今はたいして咎《とが》められるわけでもないのだから、もっとリラックスして自然な態度で接してもらいたい。そのほうがお互い仕事がやりやすいというものだ。

　父王が若かった頃と比べると昨今の王室はかなり国民に対して開かれた、身近な存在になっているはずだが、サニヤはハミードより三つほど年下なので、昔のことをあれこれ言っても意味はない。今春からいきなり高い身分の人間に仕えることになって、まだいろいろと不慣れで、己の言動に自信が持てず、おどおどした感じになっているだけだろう。

「あ、あの、殿下」

「ああ。ありがとう」

　テーブルの準備が調ったことはガラス越しに見ていてわかっていたので、ハミードはサニヤに遠慮がちに声をかけられると、体ごと振り返って礼を述べた。

　ハミードと顔を合わせ、真っ向から視線を浴びせられたサニヤがドギマギした様子で一歩後退る。前にも、色白で透き通るような肌をしている人だなと感心したことを、ハミードは唐突に思い出す。サニヤの顔がみるみる薄桃色に染まっていくのを見て、ハミードは目を細めた。

　理屈抜きで可愛いと感じたのだ。

　けなげなんだなとか、歳の割に初々しさのある人だとか、純真なのだなといった感想はそれに遅れてついてきた。

　サニヤを見ていると、もし自分にも彼女の素直さの半分でもあったなら、今頃違った人生を送っていたかもしれないという、ないものねだりの感情が込み上げる。

好きな相手にわざとつらく当たったりせず、正直に、おまえが気になってたまらない、本当は嫌いなんかじゃない、その逆だ、と取り返しがつかなくなる前に一度でも告げていたならば、秋成の傍らにいるのは自分だった可能性もゼロではない気がする。

後悔とせつなさと自分に対する怒りが腹の底から噴き出してくる。

サニヤがハッとした様子で瞬く間に青ざめ、小刻みに全身を震わせだしたのを見て、ハミードは自分が怖い顔をしていることに気がついた。

「すまない。今、まったく関係ないことを急に頭に浮かばせていた」

これ以上サニヤに萎縮《いしゅく》されるとやりにくくて敵《かな》わない。

ハミードはサニヤとの距離を少しでも縮めようと、少し個人的な話をしてみることにした。我ながら破格の気遣いだ。らしくなくて自分でもなぜそんな気持ちになったのかよくわからない。先ほどサニヤを可愛いと感じて胸がほっこりとしたから、というのは影響しているかもしれない。

「きみは何人姉妹なんだ?」

ゆったりとした足取りで、居間の一角に設けられているバーカウンターに歩み寄る。

あいにくシャティーラでは飲酒は違法で、外国籍の観光客以外には酒類の提供はしない決まりになっているため、備え付けの冷蔵庫に用意されているのは水やジュースなどのソフトドリンク類だけだ。実はハミードもイズディハールも米国留学中に酒を覚え、ときどきカリフォルニアやフランスのボルドー在住の知人友人からこっそりワイン等を送ってもらうことがあるのだが、絶対におおっぴらにできず、細心の注意を払っている。

「……」

サニヤは驚いたような顔でハミードを見て、唇を覚束なげにピクピクと震わせる。

なぜそんな質問をするのかと、ハミードの真意が察せず、さらに怯《おび》えさせたようだ。

「参ったな。俺も普段はそこいらにごまんといる一人の人間なんだが」

棚にずらりと並ぶクリスタルグラスの中からタンブラーを二つ取り、製氷機に作られた氷をスコップで直接タンブラーに入れ、冷蔵庫で冷やされていた炭酸水を注ぐ。

途中からサニヤが我に返った様子で「わ、私が」と慌てて声をかけてきたが、ハミードは鋭いまなざしで近づいてこようとするのを押し止めた。

「いいから、きみはそこにいろ」

ハミードは穏やかな口調で言い、両手にグラスを持ってサニヤの許へ自分から歩み寄る。

サニヤは金縛りに遭ったかのごとくその場に立ち尽くしたままだった。

「どうぞ」

炭酸水のグラスを差し出すと、サニヤは深々と頭を下げ、再び顔を真っ赤にしながらおそるおそる手を伸ばしてきて受け取った。

「そんなに俺といると緊張する？」

ハミードはあえて砕けた調子で、気さくに話を続けた。

「……申し訳ありません」

「こういうときは謝らなくていい」

どちらかというとハミードは感情の起伏が激しいほうで、サニヤの態度がいつまでも緩まないことに正直苛立《いらだ》ちを感じ始めていたのだが、ここで不機嫌な表情をチラリとでも見せれば、ますますコミュニケーションが取りづらくなると己を制した。

なぜこの俺が一介の新米秘書官相手にこうも心を砕かなくてはならないのか、と理不尽な気もしたが、サニヤを見ていると放っておけない気になるのも事実だ。

顔や雰囲気はまったく違うが、サニヤにはどこか出会ったばかりの頃の秋成を彷彿《ほうふつ》とさせるところがあって、それでハミードはそんな気持ちになるのかもしれない。あのとき秋成に非人道的なまねをして精神的にも肉体的にも追い詰めてしまったことを、ハミードはひどく後悔している。やり直せるものなら時間を巻き戻したいと本気で願うほどだ。それが不可能な分、同じ過ちは繰り返したくない気持ちが強い。

炭酸水を飲むと、サニヤは心持ち落ち着きを取り戻したようだ。

引き攣《つ》っていた表情が僅《わず》かながら緩む。そのほうが雰囲気に柔らかみが出ていいとハミードはお世辞ではなく思った。

「ちょっと座らないか」

ハミードは言うだけ言って、先にソファに腰掛けた。

目の前のテーブルに夜食がセッティングされている。ハミードはナプキンを膝に広げ、一口サイズに作られたサンドイッチを摘んで口に入れた。

「お紅茶、お注ぎしましょうか」

サニヤが傍らに来てハミードに伺いを立てる。

「ああ。もらおうか」

炭酸水では物足りなかったのでハミードは頷《うなず》いた。

サニヤが絨毯《じゅうたん》敷きの床に膝を突き、恭しい手つきでティーカップにポットの紅茶を注ぐ。

マスカットの爽《さわ》やかな香りが辺りに広がり、場の空気が和んだ気がした。

女性らしい細い指には飾り気一つなく、マニキュアもファッションリングもしていない。綺《き》麗《れい》に切り揃えられた爪が健康的なピンク色をしているのを、ハミードは好ましく感じる。慎ましやかで、清潔感のある素敵な人じゃないかとあらためて思った。今までハミードの周囲には見かけなかったタイプだ。ロスに留学していた頃は、羽目を外して、男とも女とも様々なタイプと付き合ったが、向こうもハミードの身分を知って近づいてくる自信家ばかりだから、派手で華やかな、見栄えのする人が多かった。

「バーカウンターの棚にティーカップがある。きみも飲むといい」

「いえ、私はこちらで結構です。お気遣いありがとうございます」

ハミードの傍らで紅茶を注いだことで、ようやくサニヤも気分的に楽になったようだ。プライベートな顔を見せて話しかけ続けたのが功を奏したのならよかった。

「そこの安楽椅子に座らないか」

再度勧めると、サニヤははにかみつつ「はい」と答えて、どっしりとした象牙色の革張りの安楽椅子に浅く腰掛けた。いくらか距離が近づいた感はあるものの、背筋はピンと伸ばしたままで、事務官らしい濃紺のスーツが与える印象と相俟《あいま》って堅苦しさはまだ抜けていなかった。

「先ほどの質問にまだ答えてもらっていなかったな」

ハミードが冗談めかして「秘密か？」と聞くと、サニヤは「とんでもございません」と困惑した表情で返す。

「私は四人姉妹の二番目です。父以外は全員女性という環境で育ちましたので、殿下に対しても数々の失礼を働いているのではないかと不安でなりません」

「そんなことはない。そもそも、こうしてきみとちゃんと話をするのもこれが初めてだ。もっと早く声をかけるべきだったな。そうすれば、俺が決して怖い男ではないと理解してもらえただろう」

「い、いえ、そんな……！　もったいないお言葉をいただきまして、恐縮です。私は……殿下を怖いなどとは思っておりません。畏れ多くて緊張しすぎるだけです。お気に障りましたらお詫《わ》びいたします」

「俺はそんなたいした者ではない。元々、畏まられることには慣れていないしな」

ハミードは三つめのサンドイッチを摘み、幾分自虐を込めて言うと、サニヤに向かって手にしたサンドイッチを差し出した。

「なかなか美味い。味見してみろ」

サニヤには少し強引に出たほうがいいようだと感じたのは間違いではなかったようで、サニヤは躊躇《ためら》いながらも受け取った。

ハミードがじっと見ていると、恥ずかしそうに口にする。

「美味しいです」

照れたように微笑《ほほえ》んだとき、真珠のような白い歯が垣間見えた。

背中の中程まである長い髪も艶《つや》やかで、黒いゴムでほつれないようにきつく結んでいるのが惜しいくらいだ。綺麗に巻けばさぞかし髪本来の健康的な美しさが際立つだろう。眼鏡を外してコンタクトにすれば、ずいぶん雰囲気が変わるに違いない。ちょっと見てみたい気もする。

「視力はかなり悪いのか」

「はい」

サニヤは眼鏡のブリッジを人差し指で押し上げ、睫毛《まつげ》を瞬かせる。よもやハミードにこうも事細かく自分の話をすることになるとは思っていなかったらしく、一つ質問するたびに当惑した様子を見せる。

「……勉強だけが取り柄でしたので、暗いところでもかまわず本を読んだり書きものをしたりしていました。それで悪くしたようです。奨学金をいただくためには、学年三位以内の成績を落とせませんでしたから」

「そうか。そういうシステムなのか」

「返還不要の奨学金は競争率が高いので……」

「なるほど」

こんな話をしてもいいのだろうか、とずっと恐縮しているサニヤに、ハミードはもっとそういう話が聞きたいと率直に求めた。

話すうちにサニヤが徐々に打ち解けていってくれそうで、そうなることをハミードは期待していた。恋愛感情でないことは、ときめきがまったくないことから察せられていたが、好印象はすでに抱いていた。

ときどきプライベートも含めた会話ができる身近な存在が欲しかったのかもしれない。

たいていの事柄はイズディハールに話せるが、秋成への不適切な気持ちを自覚して以来、ハミードはイズディハールに私的な相談ができにくくなっていた。これ以上腑甲斐《ふがい》ないところを見せたくないという見栄もある。そのせいで、少しずつ胸の内に溜め込んできた感情が澱《おり》のように腹の底に溜まりだしてきていて、ときどき押さえ込むのが苦しくなる。

ハミードが己の弱さをさらけ出し、気晴らしになるようなちょっとした会話を愉しむ相手としては、年頃が近くて互いのプライベートに深入りしすぎていない人がうってつけだった。もう少しサニヤと屈託のない関係性を築けたら、と頭の片隅で考える。サニヤをいいように利用するつもりはないが、千々に乱れる想いを一時でも忘れさせてくれる相手を求める気持ちがあるのは否めない。

深夜にサンドイッチを摘んで紅茶を飲みながら、ハミードは小一時間ほどサニヤと取り留めのないお喋《しゃべ》りをした。

今はプライベートだからもっと肩の力を抜くようにと何度か言ったが、サニヤは最初から最後までハミードを敬う態度を崩さなかった。

驚いたことに、サニヤは十四歳のとき、十七歳だったハミードと会い、握手してもらったことがあると言う。実は、と訥々《とつとつ》とした口調で言い出されたときには、そんなことがあったかと必死になって記憶を辿《たど》った。

「父が軍関係の施設に勤めておりまして、記念祭のようなものが開催されたのだったと思います。そのとき、国王陛下とご一緒にハミード殿下がご臨席なさっていて」

サニヤは、秘めに秘めていた大切な思い出を本人の前で詳《つまび》らかにすることに、並々ならぬ勇気を振り絞ったようだ。ハミードはきっと覚えていないだろうと二度も口にするほど面映ゆかったらしい。

「ああ、その祭典のことはよく覚えている。空軍が軍事演習を披露するというので、どうしても実際に観覧したくて、無理を言って父に同行させてもらったんだ。その後すぐに米国に留学することが決まっていたので、未成年王族としては最初で最後の公式な場での顔見世だった」

しかし、残念ながら、そのとき会って握手したという少女のことはまったく記憶に残っていなかった。

「うちの王室は、昔から、国王陛下と皇太子殿下以外は基本的に表に立たないことになっていて、双子だとは知っていても直に俺を見たことのある人は限られていた。皇太子殿下と瓜二つの俺がさぞかし珍しかったのか、大勢の人々が引きも切らずに挨拶に来てくれた。握手して一言二言交わした人も多かった。あの中にきみもいたのか」

不思議とまでは言わずとも、これも何かの縁だとは感じた。

「今と雰囲気は変わってなかったか」

しげしげとサニヤを見て、半ば揶揄《やゆ》を込めて聞く。

サニヤはハミードにじっと見つめられると恥ずかしくて仕方ないらしく、気の毒なくらい頬を火照らせた。色白なので紅潮が目立つ。肌のきめ細やかさまで意識されてきた。

「それほどお変わりなかったと思います」

そこでいったん言葉を句切り、言おうか言うまいか迷う間を作る。

「なんだ。なんでも話してみろ」

ハミードが優しく促すと、それに勇気を得たのか、サニヤは俯《うつむ》きがちになって膝の上に載せた細い指を自分の手でギュッと握るしぐさをしながら口を開く。

「殿下はあの頃よりいっそうご立派になられていて、任官のご挨拶をさせていただいたとき、動悸《どうき》が止まりませんでした」

サニヤはそれを言うのにありったけの勇気を掻《か》き集め、羞恥に耐え、もはや頭が爆発寸前になっていたらしい。

「し、失礼いたしました。お寛《くつろ》ぎのところ、お言葉に甘えさせていただき、このように長居をしてしまいました。どうかお許しくださいませ」

口早に一気に言って、弾かれたように椅子から立ち上がる。

そして、深々と頭を下げ、「おやすみなさいませ」と言い足すなり、部屋から出ていく。

「サニヤ」

あまりの唐突さにハミードは呆気《あっけ》にとられたが、待てと言ってもおそらく耳に入りそうになかったので引き留めなかった。

ひょっとして、サニヤは自分に好意を寄せてくれているのか……？

自惚《うぬぼ》れかもしれないがサニヤの言動のあれこれを思い返すと、そう考えても乱暴ではない気がしてくる。

ハミードのほうはサニヤを女性としては捉えておらず、恋愛対象にするのはいささか無理があったが、先のことは誰にも予測できないと秋成の一件で思い知らされている。頭からあり得ないと否定しないで、なるようになると鷹揚《おうよう》に構えておけばいい。もしかするとサニヤを好きになり、愛するときが来るかもしれない。そのときは、今度こそ、自分の気持ちに正直になろうと心に決めた。

＊

一度は有力豪族の娘ファイザと婚約までしておきながら、己の認識不足と精神的弱さから、皇太子妃にふさわしい人かどうかの判断を誤り、選び間違えたことに気づいて電光石火の早さで破綻《はたん》するという情けないことになって以来、ハミードはすこぶる慎重になっていた。

大切なのは、自分の心に嘘をつかないこと——詰まるところその一点だけだった。

五月頭に、およそ十日に亘《わた》る国内数ヵ所を視察して回る公務から首都ミラガに戻ってからも、ハミードはことあるごとにサニヤを執務室に招いて話をした。意識的にそうした機会を作りまではしないが、空き時間を持て余しそうだと思ったら「サニヤを呼んでくれ」と第一秘書に頼むことが増え、周囲も次第に、これは、と明るい兆しに捉えだしたようだ。

五月も下旬に差しかかる頃には、サニヤもだいぶハミードと二人で話すことに慣れてきて、不必要に緊張しなくなった。謙虚で控えめなところは変わらないが、たまに声を立てて笑ったり、ユーモアのある受け答えをしたりするようになり、ぐっと話しやすくなった。

周りが二人の仲をどう想像しているのか、ハミードはいちいち気にしていないので知らないが、サニヤとはあくまでも職務上の付き合いが基本で、その延長線上に、軽くプライベートな話をするときがある、というだけの関係だ。

男女の仲などではむろんなく、ハミードはサニヤの手を握ったことすらない。

サニヤも決してハミードに馴れ馴れしくすることはなく、呼びかけは必ず「殿下」だし、何度言っても髪型を変えることも眼鏡をコンタクトにすることもない。服装や持ち物の好みは相変わらず地味で、意識的に女性らしさを出さないようにしているのではないかと感じるほどだ。

こういう女性もいるのだな、とハミードは己の認識を改めさせられた。

もしかするとサニヤに一人の男として好意を持たれているのでは、と思うことはあれからも何度かあった。だが、サニヤは具体的にそうと匂わせる言動はしないので、あくまでも推測の域を出ない。ハミードから聞くのも躊躇《ためら》われ、この件は触れないようにしていた。

恋はできなくても、家族として愛することはできそうな気がするので、いっそ自分からサニヤの意思を確かめてみようかと考えないでもなかったが、本当にそれでいいのか、またファイザのときのように結婚をていのいい逃げ場にしていないか、と自問自答しては、己の気持ちが揺れて意を決せない。

こうも自分をおかしくさせる秋成が恨めしく、憎らしい。

だが、愛している。秋成のことを想うたび、ハミードは体を熱くし、芯を疼《うず》かせ、激しい欲情に苦しめられる。代わりはどこにもいない。誰にもこのぽっかりと空きっぱなしの場所は埋められない。いつまでこの報われない想いを抱えていなくてはいけないのか、ハミード自身にも定かでないのがまたつらい。抜け出す道は、他の誰かを好きになる以外ないのだろうが、たとえ自分自身の気持ちであっても、ままならないときがあるのだ。

秋成を忘れるために逃げ場を求めるのではだめで、心の底からこの人と家庭を持ちたいと思えるまでは、軽はずみな言動は控えるとハミードは硬く心に決めている。

サニヤがハミードを本気で愛してくれているのかどうかが問題なのではなく、自分がサニヤを愛せるのかどうなのか、突き詰めればそれだけの話だ。そこさえ確固とさせられれば、いつでもプロポーズすればいい。嫌なら断ってくれたらいいし、結婚してもいいとサニヤが望むなら、両親をはじめイズディハールや弟、妹たちに紹介する。あとは議会が承認しさえすれば、式までトントン拍子に進むだろう。秋成も、きっとホッとして、誰より慶ぶに違いない。

焦る必要はないと己に言い聞かせながら、サニヤとの半ばプライベートな関係を続けるうちに、急遽《きゅうきょ》、欧州のとある公国の王子がお忍びでシャティーラを訪れることがわかり、出迎えともてなしに王室は大わらわになった。

「お出迎えした日は王宮で国王主催の晩餐会を開いていただき、一泊して皇太子殿下とも親交を深めていただくことにしよう」

打ち合わせの際、イズディハールはそう提案し、翌日からの滞在期間中は自邸でお世話すると言い出した。

「俺も殿下も今さら調整不可能な公務がこの期間詰まっている。ここは一つ、秋成に王子殿下の接待を任せよう。秋成はきっと期待に応えるだろう」

「……まぁ、そうしていただけるのなら、俺も助かります。秋成に任せることに異論はありません」

秋成の名を耳にし、自らも口の端に乗せるたび、ハミードの心臓はざわつく。

よけいなお世話だと承知していたので言葉にはしなかったが、年下とは言え王子殿下を秋成と二人にしてやきもちは焼かないのかと聞いてみたかった。聞いていれば、おそらく「ああ」と自信に満ちた答えが返ってきた気がする。最近のイズディハールは以前にも増して秋成の伴侶としての自負心に満ち溢れ、付け入る隙が一分もない。ハミードが秋成に寄せる密《ひそ》かな禁断の想いを知っているであろうに、それについては一言も触れず、何食わぬ顔をして、互いを理解し合った双子の兄弟という昔通りの接し方を変えないでくれている。

外交手腕に長けていることからも察せられるとおり、イズディハールの腹の内は読みづらい。ハミードにもときどき何を考えているのかわからないときがある。忍耐力にしろ、攻め時を逃さぬ勘の鋭さにしろ、ここぞという場面での勝負強さにせよ、ハミードには到底太刀打ちできない。軍事的な戦略を考えるのは得意でも、経済や政治などの駆け引きは苦手だ。

「ハミード」

イズディハールがあらためて名前で呼びかけてきた。殿下、と他人行儀に呼ばないときは、兄弟に戻って話したいときだ。

「はい。なんでしょう、兄上」

イズディハールに合わせて対応を変えながら、ハミードは内心ヒヤリとしていた。まだ秋成に特別な想いを抱いたままなのか、ついに直接聞かれ、不快感を示されるのではないか。まず頭を過《よぎ》ったのは、その考えだった。

「聞いていいかどうか躊躇うのだが……、最近女性秘書官をしばしば部屋に呼んでいい雰囲気になっていると小耳に挟んだものだから気になってな」

「……ああ。サニヤのことですか」

ホッとしたのと同時に、それはそうだ、と納得もする。

イズディハールがハミードに秋成のことを聞くはずがない。その気があれば、とっくに詰問され、最悪、兄弟の縁を切ると言われているだろう。ハミードが秋成に横恋慕していることを誰より認めたくないのはイズディハールに違いない。そのために他の女性とのちょっとした噂話にまで興味を示し、直接ハミードに確かめずにはいられないのだ。

イズディハールにしてみれば、秋成に対するハミードの気持ちを存在しないものとして無視することが心の安寧を保つ一番の方法なのだろう。ハミードもイズディハールには顔向けできない邪《よこしま》な感情だと承知しているだけに、そうしてもらうのがせめてもの情けだと頭では理解できている。けれど、やはり、心のどこかで、たとえどんなに不適切な気持ちであろうと、ないこととして葬られるのは屈辱だという思いがあった。秋成のことは大事に懐に隠しておいてサニヤの話を振られると、敗北感のようなものが込み上げてくる。

「他の秘書官とは一回り以上歳が離れているので仕事以外の話はしにくいのですが、彼女とはほぼ同年配なので、ときどき空き時間に話し相手になってもらっています。それだけです」

わざとそっけない言い方をして、イズディハールが「そうか」とあてが外れたようにがっかりする様を見て、ほんの僅かだけ苛立ちを晴らせた気分になる。

我ながら嫌な性格だとすぐに後悔したが、一矢報いなければ我慢できない心境に一瞬襲われ、自制できなかった。

「期待させたのでしたら、すみません」

それでもハミードはイズディハールとの間に確執が生じるのは避けたくて、言葉を足した。なんのかんの言っても、ハミードはイズディハールを本気で敬愛し、こんな兄がいることを誇りに感じている。ギスギスした関係にはなりたくなかった。

「いや、べつに、勘違いだったのならこちらが先走りすぎただけだ。こういうことは縁だから、どんなに周りが期待しようと、無理なものは無理だと承知している」

「今度は失敗したくないんです」

ハミードが神妙な顔をして言うと、イズディハールも深く頷く。

「ああ。俺もそれを一番に願っている」

「ありがとうございます」

ハミードは気を取り直し、サニヤのことに話を戻した。

「今のところは正真正銘職務上の付き合いだけですが、実直で謙虚な、よくできた女性です。俺が我が儘《まま》を言っても嫌な顔一つしません。男を立てるのが生来の性格らしい、古風で淑やかな人ですよ」

「では、気は合っているのだな」

「合わなければ話し相手になってもらおうとは考えません。ただでさえ日頃ストレスを溜めまくっていますからね」

「おまえは、本当によくやってくれている」

しみじみとした口調でイズディハールに労《ねぎら》われ、ハミードはふっと口元を緩ませた。

「まだ兄上の足元にも及びませんが。この一年の間、俺は至る所で兄上の偉大さに気づかされては、打ちのめされておりますよ。兄上のご苦労も知らず、好きなことだけして気ままに生きてきた自分が恥ずかしい」

「すぐに慣れる。おまえはおまえで、自分に合ったやり方で務めを果たせばいい。俺のしていたとおりにする必要はない」

「そう言っていただけると少しは気が楽になります」

「なぁ、ハミード」

イズディハールはハミードの顔を真摯なまなざしでまっすぐ見据えてくる。

ハミードは思わず背筋を伸ばし、下腹に力を入れていた。

「最近なかなかゆっくり話す機会がなくて、実を言うと俺は少々気に病んでいる。おまえにわざと避けられているのではないかとな」

「誤解ですよ」

ゆっくりと、己の言葉を噛みしめながらハミードは穏やかに躱《かわ》す。

明らかに避けようとしていたわけではなかったが、以前よりは距離を置きたいと感じているのは事実だ。イズディハールにも気づかれていると思っていた。だからこの発言自体はある程度覚悟していたが、どちらかといえばイズディハールもあえて素知らぬ振りをするのではないかと踏んでいた。そうして暗黙の了解のうちに時間が解決するのを待つつもりではなかろうかと考えていたのだ。

「近いうちにまた兄上の屋敷に寄らせてください。兄弟水入らずでいろいろ話しましょう」

「俺は、おまえのためにできることがあればなんでもしたい。本気だ」

「ありがとうございます。助けていただきたいことがあったら、ご相談させてください」

ハミードはできるだけ明るい口調で言うと、ふと思いついて話を戻す。

「トゥルンヴァルト公国のアヒム王子殿下をお迎えした日の王宮での晩餐会、食後はいつものとおり男ばかりでシガールームに集まるでしょうから、ついでにこっそりワインを手に入れておきますよ」

「それはいいが、陛下に窘《たしな》められないか」

「陛下はおそらく先に寝所へ引き取られます。最近は早い時間に就寝されますので」

「そうか。まだまだお若いと思っていたが、父上ももう来年は六十におなりだからな」

いつまでも心配をかけていてはいけないとハミードも肝に銘じている。

国王が今一番気を揉《も》んでいることが他ならぬ皇太子の結婚問題、ひいてはお世継ぎ問題であろうことは想像に難くない。婚約までしておきながら破談になった前回の例があるため急かされはしないが、早く伴侶《はんりょ》を見つけて孫の顔を見せてほしいと願っておられるだろう。

「……このままでいいとは俺も思っていません」

ポツリと呟いたハミードに、イズディハールは何か言いたげな表情で口を開きかけたが、うまく言葉が見つからなかったのか、そのまま閉じた。

＊

コツコツコツと執務室の扉をノックして、サニヤが入ってきた。

「お呼びでしょうか、皇太子殿下」

「ああ。ちょっとこれを見てほしい」

ハミードは椅子を引いて立ち上がり、横長の大きな執務机を離れると、存在感のあるどっしりとした安楽椅子が十脚ほど並べて据えられた応接スペースにサニヤを連れていった。

「こちらのご衣裳《いしょう》は殿下が今夜お召しになるものですか」

「そのとおりだ」

センターテーブルの上に広げた、十八世紀末頃のフランスのブルジョワジーが着ていた華やかな衣裳一揃いを見てサニヤが言い当てる。

今夜イズディハールの屋敷で、お忍びでお越しになっている海外の賓客アヒム王子と最後の夜を過ごす晩餐会が開かれる。公務とは関係ないプライベートな予定だが、ハミードはそれにサニヤを伴おうと思いついた。今朝イズディハールから直接電話をもらって、急な話で悪いが今宵の晩餐会は皆仮装をすることになったと告げられ、慌ただしく衣裳を決めているうちに、ふと、もう一人くらい女性がいたほうがバランスがいいのではないかと思った。心の奥底を掘り下げていけば、それだけではない複雑な感情や思惑が巣くっているのだが、もっともらしい理由はそれで、あとのことはハミードも深く考えないようにした。サニヤを連れていくことで秋成の反応を知りたいとか、イズディハールがサニヤのことを気にかけていたので、とりあえず引き合わせておけば少しは安心するだろうとか、思惑はいろいろとあった。

「それぞれ仮装して趣向を凝らすことになったと兄から連絡をもらったので、急ぎ手配した。

誰に扮《ふん》するかわかるか」

サニヤは眼鏡の奥の小さな目を細くして考えていたが、やがて申し訳なさそうに首を振る。

「これはロベスピエールだ」

「言われてみれば……そのような感じですね」

「すぐにはわからないところがいいんだ」

ハミードはちょっと捻《ひね》くれたチョイスをしたことを嬉々《きき》として告げ、そのままのノリでサニヤに同伴を頼んだ。

「ごく内輪の集まりなので気兼ねはいらない。ぜひきみも来てくれないか」

えっ、とサニヤは驚いて目を瞠《みは》り、さっそく尻込みする。

「い、いいえ、無理でございます。私なんかがご一緒するわけには参りません」

「そう難しく考えないでくれ」

ハミードは強引にサニヤを口説いた。

十客分の椅子に合わせて二つ据えられたセンターテーブルのもう一方には、大ぶりの平たい衣裳ケースが二箱積み上げられている。

ハミードはその衣装箱を示して続けた。

「あそこにきみのために用意したドレスがある。仮装ではなく普通のパーティードレスだ。それほど派手なものではないから安心したまえ」

「いえ、あの、私……困ります」

「そう言わず、俺の顔を立てると思って来てくれないか。エリスも女性がもう一人いれば喜ぶだろう」

エリス——秋成の名を出すと、サニヤはピクリと頬肉を引き攣らせ、俯《うつむ》けていた顔を上げて遠慮がちにハミードと視線を合わせた。

そのまなざしを受けて、ハミードは心の奥に隠している秋成への恋情に気づかれた心地がして、僅《わず》かに動揺した。サニヤにはわかるのだなと直感的に察する。同時に、サニヤがハミードに対して抱いているであろう気持ちも伝わってきた。前からもしかしてと薄々感じていたので驚きはしなかったが、そうするとパーティーに来てくれと頼むのは意味深すぎるだろうかと考え直しかけた。

だが、皮肉なもので、ハミードがちらとでも怯《ひる》みかけた途端、サニヤは意を固めたようだ。

「畏まりました。私でよろしければお手伝いさせていただきます」

一転して職務に忠実な秘書官の顔になり、きっぱりと承諾する。

この期に及んでハミードも翻意できなかった。

「公私混同した頼み事をして悪いな。よろしく頼む」

「はい。ドレス、謹んでお借りいたします」

それはきみへの贈りものだと喉まで出かけたが、言うとまたややこしいことになりそうな気がしてやめておく。あとで返す必要はないと言えばすむ話だ。

晩餐会は八時からと聞いているが、ハミードは三十分前にはイズディハールの屋敷に赴くつもりで、七時に車を準備するよう侍従に頼んだ。

五時頃いつもより早めに公務を終えて、政務を執るパブリックスペースから、王宮内の奥まった部分にあるプライベートスペースに引き揚げる。

湯浴みをして着替え、ちょうどいい時間に車寄せのある玄関に行くと、すでにサニヤの姿があった。

正直、ハミードは一目見たとき別人かと思った。

ハミードが自ら選んだ、シルク素材のダークグリーンのドレスに身を包んだサニヤは、普段地味な黒っぽいスーツを着ているときとはまるで印象が違う。眼鏡を外し、髪を巻いてアップにするだけで、こうも華やぐものかと目を瞠る。デコルテの開いたドレスを着ると意外と肉感的で、胸の形が整っていることにも初めて気がついた。ドレスに合わせて贈ったハイヒールが履き慣れないのか若干危なっかしく、自然と手を取って支えたくなる。

「……こんな感じで、問題ありませんでしょうか」

気恥ずかしそうに頬を染め、おずおずと聞かれる。

「ああ。何も問題ない。素敵だ」

見違えたと言うのは失礼だと思い、ハミードは言葉を選んだ。

サニヤがますます恐縮する。

「行こうか」

ハミードはサニヤにすっと腕を差し伸べた。

仮装しているおかげでハミード自身も芝居がかった振る舞いが積極的にできた。いつもの自分とは少し違う感覚になれる。

後部座席に並んで座っている間、サニヤはずっと身を硬くして緊張していた。へたに話しかけるとますますサニヤを動揺させかねないと気遣い、ハミードはあえて口を開かずにいた。

考えていたのは、やはり、秋成とまた会えることだった。

アヒム王子を出迎えたとき以来なので、一週間ぶりか。

会えたところで息が詰まりそうなほどせつなくなるだけだとわかっているが、こうして堂々と同席する機会があれば、会わずにはいられない。どれほど気持ちを掻き乱されて苦しくてもハミードには耐えて傍にいることしかできなかった。我ながら自虐的だと嗤《わら》うしかない。

イズディハールの屋敷に着くと、ハミードの到着を知らされたイズディハールが自ら玄関先に出て待ち構えてくれていた。

「ハミード。今夜は愉しもう」

世界的に有名な名探偵に扮したイズディハールにしっかりとハグされる。

「兄上」

ハミードからも力強くイズディハールの体を抱き返した。

これは自分の半身だ。

あらためてハミードを構成する細胞がざわめき、抱き合えたことに歓喜する。

裏切れない、とひしひし思い知らされた。

「兄上、一人ゲストを連れてきました」

ハミードが紹介する前からイズディハールは少し離れた場所に気後れした様子で立ち竦《すく》んでいるサニヤに気づいていたらしく、自分からサニヤに歩み寄り、「ようこそ」とサニヤの手の甲に唇を落とす。

「彼女がサニヤか」

サニヤが心臓を乱打させて狼狽えているのがハミードにはよくわかった。

同じ顔、同じ声、同じ体つきをしていても、イズディハールの放つオーラは比類がない。生まれながらに未来の世継ぎとして傅《かしず》かれ、帝王教育を施されてきた年月の差が歴然としてある。ハミードがいくら努力しても、おそらくイズディハールと同じにはなれないだろう。サニヤがドギマギするのは無理からぬことだ。

「サニヤ、お目にかかれて光栄です。ハミードからときどきあなたの話を聞いています」

「え……そ、そうですか、あの……い、意外です……」

サニヤがたどたどしく返す。よもやハミードがイズディハールに自分の話をしたことがあるとは思ってもみなかったようだ。

イズディハールが先に立ち、二人を客間に案内する。

サニヤは万事控えめで、普段に輪をかけて口数が少なかった。秋成が姿を見せるまでは、自分とハミードたちだけだったので、兄弟二人の間に割って入るのを遠慮していたようだ。

開宴十五分前には秋成も客間に来た。

開け放たれたままだった出入り口から淑やかな足取りで入ってきた秋成を一目見た途端、ハミードは息が止まるかと思った。

ほうっ、と感嘆の溜息が洩れる。自分でも気づかぬうちにそれが音になって口から零れていたかもしれない。

イズディハールも秋成がどんな仮装をするのか知らなかったらしく、ハミードと同じくらい驚嘆していた。ああ、また己の伴侶に惚れ直したな、と揶揄してやりたくなるほど惚《ほう》けた様子で目を見開いている。

まるで映画のワンシーンを再現していただいたかのようでした、とサニヤもあとで洩らしていたが、まさしくそのとおりだった。

誰もが知っている古い名作映画に出てくる王女に扮した秋成は、清廉で上品で、どこか人間離れした神々しさを放っている。

「アン王女」

ハミードは思わず声にして言っていた。

「お美しい」

しみじみと、心の奥底からそう感じ、自然と胸に手を当てて深々と腰を折っていた。

ハミードのしぐさがいささか大仰すぎたのか、秋成は気恥ずかしげに後退る。どうやら緊張させてしまったようだ。

秋成に引かれると、不器用なハミードはどうすればいいかわからずぎこちなくなる。躊躇いもなく颯爽と秋成に近づき、ここぞとばかりに艶っぽい口説き文句をスマートに口にできるのは、普段は真面目でお堅い印象が先に立つイズディハールのほうだった。

「このままベッドに連れ去って押し倒したいほど綺麗《きれい》だ」

秋成の腕を取り、愛情深く手の甲にキスをしてから、イズディハールは美しすぎる伴侶を抱き寄せ、額と額を親密にくっつけ合う。

安楽椅子に手をかけて立っていたハミードは、臓腑を業火に舐《な》められるような苦痛と熱さに苛《さいな》まれ、二人を凝視していた。

この率直さ、衒《てら》いのなさがハミードとの最大の違いであり、秋成の心を射止められたか否かを分けた差だったのだろう。臍《ほぞ》を噛む思いでハミードは考えた。

壁際にいたサニヤが、そんなハミードを見ていられなくなったかのように顔を背ける。サニヤの顔つきは強張っていて、とてもつらそうだった。ハミードの目の片隅にも、その様子が映っていた。

この瞬間、ハミードはサニヤと精神的に繋《つな》がる部分があった気がする。

どうにか気を取り直し、安楽椅子の背凭れを手のひらで軽く一叩きして踏ん切りをつけてから、ハミードはおもむろに秋成とイズディハールの許へ歩み寄っていった。

「そういう格好も似合うんだな」

わざと視線に揶揄を込め、いつもの自分らしくちょっと意地悪な口調で褒める。

秋成も慣れたもので、それには取り合わず、

「ようこそおいでくださいました。お早いお着きでしたね」

と女主人然とした堂々たる立ち居振る舞いを見せ、ハミードに負けた気分を味わわせてくれた。元より秋成の気丈さ、いざとなったら腹を据えて臨む強さはハミードも承知している。悔しいと言うより脱帽させられた心地で、小気味よさも感じた。

やはり好きだ。この、男であり女である稀有《けう》な気高い人が、好きだ。じわじわと噛みしめる。

自分でもこの気持ちはどうしようもなかった。

湧き上がる恋情を抑えつけ、ハミードは秋成にサニヤを紹介した。

「今夜は男性率の高い集まりになりそうだったので、花を添えてもらうために俺の第三秘書をしてくれている女性を連れてきた」

秋成は罪作りだぞと詰《なじ》りたくなるような美しい微笑みを浮かべ、ハミードが連れてきた女性

を歓待する。

なんとなく、秋成もまた、サニヤをただの秘書官だとは思っていないようで、ハミードにとって特別な存在なのではないかと期待している節がある。

そうか。そのほうが都合がいいか。肩の荷が下りるのか。まぁそうだろうな。

ハミードは胸の内で自嘲気味に考え、ギリッと奥歯を噛みしめる。

もういっそ、サニヤと一線を越えたほうが周囲は安堵《あんど》するのかもしれない。一瞬、捨て鉢な気分が込み上げたが、ハミードは即座に捨て去った。

自棄は起こさない。そう誓ったはずだ、と己を戒める。

やがて晩餐会の主賓であるアヒム王子が、陽気な俳優に扮して現れ、場の空気を明るくしてくれた。

晩餐会自体はとても楽しかった。

最後の最後に秋成が怪盗紳士の扮装に着替えて登場するというサプライズもあった。

これには深い訳があるようだったが、ハミードにとっては、男でもある秋成の魅力を二重に思い知らされ、駄目押しされたようなものだった。

秋成を想いきれない気持ちがさらに強くなる。

腹立たしかった。自分自身も、どこまでも惑わせる秋成にも、腹が立ってたまらない。

手土産に持ってきたデザートワインを飲みつつ話に花を咲かせるうちに、つい長居をしてしまっていた。もう泊まっていったらどうかとイズディハールが勧めるのを断って帰途に就いたのは、午前零時過ぎだ。

「こんなに遅くなるとは俺も思っていなかった。長い時間付き合わせて悪かったな。疲れただろう」

ハミードは、来たとき同様に後部座席に一緒に座ったサニヤに詫《わ》びた。

「いいえ、大丈夫です。おかげさまで楽しい時間を過ごさせていただきました」

サニヤはハミードに気を遣わせまいと微笑むが、慣れないハイヒールのせいで足が限界を迎えているであろうことにハミードは少し前から気づいていた。

「今夜はこのまま王宮に泊まれ。その足ではそもそも歩くのが大変だ」

「殿下」

気がついていらしたのですか、とサニヤは恐縮する。

「いいな」

強引に念を押すと、サニヤは戸惑う素振りを見せながらも、小さく頷いた。

車は整備の行き届いた市街地の道路を滑るように走る。

ハミードが口を閉ざすと、車内はシンと静まりかえった。

聞こえるのは、タイヤがアスファルトの路面を走行する微《かす》かな音だけだ。

そこに、緊張に耐えられなくなったかのような吐息が洩らされる。

ハミードは隣に遠慮がちに腰を下ろしているサニヤの横顔をそっと見た。

サニヤの目が微かに潤んでいるのが見てとれる。

「……どうかしたか」

どう声をかけていいかわからず、躊躇った末にハミードはぎこちなく訊《たず》ねた。

「いいえ、なんでもありません」

すみません、と消え入りそうな声で続ける。

「そうか」

ハミードは低い声で短く返したきり、再び黙り込んだ。

侍従が運転する車が王宮のプライベートな玄関先に着けられる。

先に車を降りたハミードは、足元が心配なサニヤの腕を取り、そのまま離さずに自分の部屋まで連れていった。

サニヤは一言も発しない。

ハミードが寝室のドアを開けて、天蓋に囲まれたキングサイズベッドの傍まで一人先に歩いていくと、ぎこちないながら自らの足でさらについてきた。

いいのか、と聞くのは、野暮すぎた。

*

たった一度のことだった。

翌朝、ハミードが目覚めると、隣に寝ていたはずのサニヤの姿はすでに消えていた。

ふうっ、と深い溜息が洩れる。

手荒に髪を掻き上げ、こんなことをしても埋めることができなかった胸に空いた空虚な穴に想いを馳《は》せる。

十時に公務に就くため執務室に行くと、サニヤもちゃんといつもの地味なスーツ姿で勤務に就いていた。

ハミードと顔を合わせても昨晩のことはいっさい匂わせない。

あいにく二人になるタイミングがなく、ハミードからも言葉をかけられない。サニヤは明らかに、触れてほしくなさそうだった。

翌日もそのまた次の日も、サニヤはハミードを避ける。

呼べばもちろん部屋には来るが、私的な話を切り出そうとすると、雰囲気を察して制され、言わせてもらえない。こうしたことが不得手のハミードは、いつもの強引さはどこへやら、腑甲斐ないばかりだ。

そのうち、一晩の出来事を持ち出すにはいささか不粋すぎるくらい日にちが経ってしまい、次にハミードがサニヤと個人的な話ができたのは、三ヵ月後のことだった。

具合が悪そうに青ざめた顔色のサニヤを見て、

「どうした。体調が悪そうだな」

と心配せずにはいられなかった。

「病気なのか。医者には相談したのか」

無理をせずに休め、と言ったハミードに、サニヤは頑なに首を振る。

「大丈夫です。病気ではありません」

病気ではないと言われても、そんなはずはないだろう、その顔色はどう見ても尋常じゃないぞ、とハミードは引き下がらなかった。

押し問答をしているうちに、突然、サニヤが口元を押さえて執務室内に設けられた化粧室に駆け込んだ。

「サニヤ！」

ドアを閉める余裕もなく、洗面台でえづき始めたサニヤに、ハミードはハッとして固まった。

「……まさか、まさか……きみ」

「申し訳ありませんっ！」

サニヤが突然泣き崩れる。

ハミードは愕然としながらも、サニヤの震える背中を優しく撫で擦り、意を決して言った。

「結婚しよう」

それ以外、ハミードの中に選択肢はなかった。

ハミードは決していい加減な男ではない。こうなったからには、けじめはつける。当然のことだ。この期に及んで逃げるつもりは毛頭なかった。サニヤに対しても情は持っている。その情は愛かと聞かれると、正直ハミードにもそうだとは断言しづらいが、結婚を躊躇う理由は何一つなかった。

当然サニヤも承諾してくれるものだと信じていた。望んでいるだろうと少しタカを括《くく》っていたかもしれない。

しかし、サニヤは吐くだけ吐いて落ち着くと、あらためてハミードと正面から向き合い、揺るぎのない目を見せてきっぱりと断ってきた。

「いいえ。私は殿下と一緒になれるような女ではありません」

ただ、とサニヤはお腹を慈しむように触って続ける。

「この子は産ませてください。私のことは公表していただかなくて結構です。そのような資格もありません。子供は私一人で育てるつもりでしたが、もし、もし、殿下のお役に立てるようでしたら、厚かましいお願いですが、殿下のご落胤《らくいん》として王室に迎えてやってください。私はそれで充分です」

あまりにも予想外の展開だった。

「待ってくれ」

少し考える時間がほしかった。

「そんなわけにはいかない。それではきみはどうなる。俺は確かに喉から手が出るほどその子は欲しい。だが、子供だけもらうなど身勝手すぎる。母親であるきみも大切にしたい」

結婚せずに子供だけ得られるなら、それに越したことはないと、正直考えたことはあった。だが、それが現実になると、頭で考えていたときのようには割り切れない。なにより、サニヤに申し訳ない気持ちが強かった。

「私は大丈夫です」

サニヤは毅然《きぜん》とした面持ちで言うが、ハミードはこのまま引き下がる気にはなれなかった。

「このことは、あらためてきちんと話したい」

否と言わさぬ強い語調で言う。

サニヤは「……はい」ととりあえず承諾してくれたが、よほどのことがない限り決意を揺るがしそうにないことは、凛然《りんぜん》とした瞳を見れば聞くまでもなかった。

あとがき

このたびは拙著をお手に取っていただきまして、ありがとうございます。

前作「花嫁と誓いの薔薇」からおよそ二年半、シリーズ三作目となります本作を出していただけて感無量です。これも、応援してくださった読者の皆様、制作スタッフの方々のおかげです。感謝しております。

このシリーズで私が意識的に入れていることの一つに、秋成《あきなり》にいろいろな服を着せてみる、ということがあります。特殊な立場にあるキャラクターですので、軍服からドレスまで着せられて楽しいです。今回は仮装がキーワードの一つでしたので、日常生活ではできない格好もしてもらいました。ハミードとイズディハールも仮装するという、めったに書けないエピソードも含みます。シリーズ通しての主題は、秋成を巡る双子の王子たちの苦悩、ですが、それぞれの仮装もお楽しみいただければ幸いです。

タイトルにも仮装と付けたおかげで、カバーイラストをこれまでとは一味違った雰囲気にしていただけて、とても感激しました。

アリババふうイズディハールまで見られるとは、幸せすぎて、ラフを拝見したとき喜びのあまり変な声が出ました。

円陣闇丸《えんじんやみまる》先生、素敵な二人を本当にありがとうございます。

三作目を書いて、秋成の男であり女であるという特殊な事情や立場が、秋成の精神にもたらす影響のようなものについて、私がこの作品で書きたい方向性があらためてはっきりしてきたように思います。この先秋成がどんな妃殿下になるのか、もう少し生き様を追ってみたい気持ちでいっぱいです。

あと、本作ではハミードの身にも大きな変化が訪れます。

このことを踏まえて今後ハミードがどうするのか、どう決断するのか、またじっくり書く機会があれば幸いです。まだ私自身迷っている部分がありますので、どう収めるか、熟考しているところです。

本作に対する読者の皆様の感想をぜひお聞かせいただければ幸いです。お手紙やメール、ツイッターへのリプなど、いつも嬉しく拝見しています。どうぞお気軽にお寄せくださいませ。

それでは、また次の本でお目にかかれますように。

ここまでお読みくださいましてありがとうございました。

遠野春日《とおのはるひ》拝

この本を読んでのご意見、ご感想を編集部までお寄せください。

《あて先》〒105-8055　東京都港区芝大門2-2-1　徳間書店　キャラ編集部気付
「仮装祝祭日の花嫁」係

■初出一覧

仮装祝祭日の花嫁……書き下ろし
禁忌の恋 無償の愛……書き下ろし

Chara

仮装祝祭日の花嫁

……【キャラ文庫】

2016年11月30日 初刷

著者 遠野春日
発行者 小宮英行
発行所 株式会社徳間書店
〒105-8055 東京都港区芝大門2-2-1
電話 048-451-5960（販売部）
03-5403-4348（編集部）
振替 00140-0-44392

印刷・製本 図書印刷株式会社
カバー・口絵 近代美術株式会社
デザイン 間中幸子（クウ）

ISBN978-4-19-900858-0

遠野春日の本

好評発売中

［砂楼の花嫁］

イラスト✦円陣闇丸

全てを呑み込む乾いた大地、灼熱の太陽――。任務で砂漠の国を訪れた美貌の軍人・秋成《あきなり》が出会ったのは、第一王子のイズディハール。勇猛果敢で高潔なオーラを纏ったその姿に一目で心を奪われた秋成。ところが爆破テロ事件が発生、誤認逮捕されてしまう!! 孤立無援な捕虜となった秋成に救いの手を差し伸べたのは、なぜか王子その人で…!? 砂漠の王と身を焦がすドラマティックラブ♥

遠野春日の本

好評発売中

「鼎愛－TEIAI－」

イラスト✦嵩梨ナオト

優雅で純真無垢な美貌の、男にとって“理想の女”——財閥の御曹司で親友の佑《ゆ》希《き》哉《や》から、婚約者を紹介された私立探偵の雅孝《まさたか》。その完璧さに違和感を覚えて身上調査をしたところ、なんと彼女——史宣《しのぶ》は男‼　しかも女装の結婚詐欺師だった⁉　けれど真実を知っても、佑希哉の恋情は揺るがない。「あんたの言う通り、もう会わないよ」強気な裏に誠実さが覗く史宣に、雅孝までも欲情に囚われて⁉

遠野春日の本

好評発売中

［疵と蜜］

イラスト✦笠井あゆみ

「金は貸してやる。返済期間は俺が飽きるまでだ」そんな契約で、金融ローン会社の長谷《はせ》から融資を受けた青年社長の里村《さとむら》。幼い頃に両親を殺された過去を持つ里村には、どうしても会社を潰せない意地があった。頻繁に呼び出しては、気絶するほど激しく抱いてくる長谷。気まぐれのはずなのに、執着が仄見えるのはなぜ…？　関係に思い悩むある日、里村は両親を殺した犯人と衝撃の再会を果たし!?

遠野春日の本

好評発売中

「真珠にキス」

イラスト◆乃一ミクロ

傷つき苦悶の表情を浮かべる美青年に覚える昏い欲望──。倒錯した性癖を隠し持つ大学准教授の葛元《くずもと》。ある日、車の事故で出会ったのは極道の朝霞《あさか》だ。優美な長身に似合わず乱暴な男は、なぜか一目で葛元の性癖を見抜いてくる。「俺の身体を試してみろよ？」葛元の家を頻繁に訪れては、淫らに誘惑してきて…!?　誘いに乗ったら身の破滅──美貌の悪魔に搦め捕られた男が堕ちた、甘美で危険な罠。

遠野春日の本

好評発売中

【黒き異界の恋人】

イラスト✦笠井あゆみ

魔界の名門貴族の出身で、壮麗な漆黒の翼を持つ闇の貴公子――。王子の従者・サガンがある夜、出会ったのは冷徹な美貌とオーラを纏う桐宮《きりみや》。サガンの行く先になぜか現れ、興味を露に迫ってくる男は、真の名前はラグエル――サガンとは敵対する天界から遣わされ、秩序を取り締まる監視者だった!! 二つの世界の住人は不干渉が掟。破ると身の破滅と知りながら、惹かれる気持ちが止められず!?

投稿小説 大募集

『楽しい』『感動的な』『心に残る』『新しい』小説――
みなさんが本当に読みたいと思っているのは、
どんな物語ですか？
みずみずしい感覚の小説をお待ちしています！

応募のきまり

応募資格

商業誌に未発表のオリジナル作品であれば、制限はありません。他社でデビューしている方でもOKです。

枚数／書式

20字×20行で50～300枚程度。手書きは不可です。原稿は全て縦書きにしてください。また、800字前後の粗筋紹介をつけてください。

注意

❶原稿はクリップなどで右上を綴じ、各ページに通し番号を入れてください。また、次の事柄を1枚目に明記して下さい。
（作品タイトル、総枚数、投稿日、ペンネーム、本名、住所、電話番号、職業・学校名、年齢、投稿・受賞歴）
❷原稿は返却しませんので、必要な方はコピーをとってください。
❸締め切りは特別に定めません。採用の方にのみ、原稿到着から3ヶ月以内に編集部から連絡させていただきます。また、有望な方には編集部からの講評をお送りします。
❹選考についての電話でのお問い合わせは受け付けできませんので、ご遠慮ください。
❺ご記入いただいた個人情報は、当企画の目的以外での利用はいたしません。

あて先

〒105-8055　東京都港区芝大門2-2-1
徳間書店　Chara編集部　投稿小説係

投稿イラスト 大募集

キャラ文庫を読んでイメージが浮かんだシーンを、
イラストにしてお送り下さい。
キャラ文庫、『Chara』『Chara Selection』『小説Chara』などで
活躍してみませんか?

応募のきまり

応募資格

応募資格はいっさい問いません。マンガ家&イラストレーターとしてデビューしている方でもOKです。

枚数/内容

❶イラストの対象となる小説は『キャラ文庫』及び『Chara、Chara Selection、小説Charaにこれまで掲載された小説』に限ります。
❷カラーイラスト1点、モノクロイラスト3点の合計4点をお送りください。カラーは作品全体のイメージを、モノクロは背景やキャラクターの動きのわかるシーンを選ぶこと(裏にそのシーンのページ数を明記)。
❸用紙サイズはA4以内。使用画材は自由。データ原稿の際は、プリントアウトしたものをお送りください。

注意

❶カラーイラストの裏に、次の内容を明記してください。
(小説タイトル、投稿日、ペンネーム、本名、住所、電話番号、職業・学校名、年齢、投稿・受賞歴、返却の要・不要)
❷原稿返却希望の方は、切手を貼った返却用封筒を同封してください。封筒のない原稿は編集部で処分します。返却は応募から1ヶ月前後。
❸締め切りは特別に定めません。採用の方にのみ、編集部から連絡させていただきます。また、有望な方には編集部から講評をお送りします。選考結果の電話でのお問い合わせはご遠慮ください。
❹ご記入いただいた個人情報は、当企画の目的以外での利用はいたしません。

あて先

〒105-8055 東京都港区芝大門2-2-1
徳間書店 Chara編集部 投稿イラスト係

キャラ文庫最新刊

子どもたちは制服を脱いで　毎日晴天！13

菅野　彰

イラスト✦二宮悦巳

大学に入学し、野球部のマネージャーになった真弓《まゆみ》。朝が早い職人の勇太《ゆうた》と、同じ家にいながらも会えない日々が続いて…!?

仮装祝祭日の花嫁　砂楼の花嫁3

遠野春日

イラスト✦円陣闇丸

公務で訪れた中欧の国の仮装パーティーに、お忍びで立ち寄った秋成《あきなり》。そこで出会った王子・アヒムに一目惚れされてしまい!?

皆殺しの天使

水原とほる

イラスト✦新藤まゆり

幼い頃に海外でゲリラに誘拐・洗脳され、兵士となったアンジェロ。戦闘中に捕まり、日本で父の友人という刑事に引き取られ!?

12月新刊のお知らせ

楠田雅紀　イラスト✦夏河シオリ　［恋は輪廻を超えて（仮）］

凪良ゆう　イラスト✦葛西リカコ　［憎らしい彼　美しい彼2］

水無月さらら　イラスト✦駒城ミチヲ　［座敷童が屋敷を去るとき（仮）］

12/16（金）発売予定